閱讀經典，成為更好的自己。

愛經典

紀伯倫 Kahlil Gibran—著
蔡偉良—譯

沙與沫

Sand and Foam

緣起

愛經典

卡爾維諾說：「『經典』即是具影響力的作品，在我們的想像中留下痕跡，並藏在潛意識中。正因『經典』有這種影響力，我們更要撥時間閱讀，接受『經典』為我們帶來的改變。」因為經典作品具有這樣無窮的魅力，時報出版公司特別引進大星文化公司的「作家榜經典文庫」，期能為臺灣的經典閱讀提供另一選擇。

作家榜經典文庫從二〇一七年起至今，已出版超過一百本，迅速累積良好口碑，不斷榮登各大暢銷榜，總銷量突破一千萬冊。本書系的作者都經過時代淬鍊，其作品雋永，意義深遠；所選擇的譯者，多為優秀的詩人、作家，因此譯文流暢，讀來如同原創作品般通順，沒有隔閡；而且時報在臺推出時，每部作品皆以精裝裝幀，質感更佳，是讀者想要閱讀與收藏經典時的首選。

現在開始讀經典，成為更好的自己。

目錄

題記

這本小小的集子就如同它的書名《沙與沫》，僅僅是一捧沙、一勺沫。

儘管為那細小的沙粒我已耗盡了心血，儘管為那輕微的泡沫我已傾注了精神的汁液，然而，與大海的距離相比，它依然更接近大海的堤岸，與那不能名狀的相會相比，它依然更接近有限的嚮往。

每一個男人和每一個女人的雙翼都有著些許的沙與沫。但是，我們中有一些人願意展現自己所擁有的，而另一些人卻羞於展現。而我則是不會赧顏的。這就請諸位予以諒解了。

紀伯倫
一九二六年十二月於紐約

沙與沫

1

在這堤岸上我永遠行走，
在細沙與泡沫之間。
海潮將抹去我的腳印，
海風將吹走泡沫。
但是，大海和堤岸卻永遠存在。

2

我的雙手曾抓滿煙霧，

打開手掌時，煙霧突然變成一條小蟲，

我又把手握住，然後再放開，手掌上卻是一隻小鳥。

我再把手握住，又伸開，手掌上卻站著一位愁容滿面、凝視蒼穹的男人。

我又握緊手，等我再放開時，掌上除了煙霧外，別無他物。

但是，我聽到了一首絕頂美妙的歌曲。

3

昨天，我以為我是一枚碎片，在生命的蒼穹裡無規則地沉浮和顫抖。

今天，我已徹悟，我就是蒼穹。生命的全部，透過無數的有規則的碎片在我裡面活動。

4

他們清醒時對我說：
「你與你居住的世界，就好比無垠堤岸上的一粒沙子與那無盡的大海。」
我在夢中對他們說：
「我就是那無盡的大海，大千世界只是我堤岸上的無數沙粒。」

5

只有一次我無言以對，就是有個男人問我：「你是誰？」的時候。

6

上帝在思考，上帝首先想到的是天使。
上帝在言語，上帝說的第一個字眼就是人。

7

我們是徬徨的被造物，在大海和風把語言賜予我們之前的千萬年，便在森林裡尋覓著失去的自我。

我們怎麼能用昨天剛學會的微不足道的聲音去表述那遠古的歲月呢？

8

獅身人面像一生中僅說過一次話，你聽著，它曾說：「一粒沙子就是一片沙漠，一片沙漠就是一粒沙子。」它說完這句話後，又陷入了沉默，再也沒開過口。

我聽見了獅身人面像說的話，但是，我並不懂它的含意。

9

我看到了一個女人的臉，也就看到了她還未生養的兒女。

一個女人看到了我的臉，也就認出了早在她出生之前就已逝去的我的祖先。

10

但願我能將自我完善。然而，除非我變成一個上面住著理智生物的星球，完善自我又談何容易？

這不正是地球上所有人的期望嗎？

11

一粒珍珠是痛苦圍繞一粒沙子營造而成的聖殿。

那麼營造我們軀體的是哪種渴望？那被圍繞的又是何種沙粒呢？

12

當上帝把我這塊小石子丟進這奇特的湖裡時，我在湖面上泛起無數的漣漪，擾亂了湖的寧靜。

然而，當我沉入湖底，便也變得像湖一般寧靜了。

13

給我沉默，我要向夜的深沉衝擊。

14

當我的軀體和我的靈魂相愛並結婚時，我便得以再生。

15

我曾認識一個聽覺靈敏的人，但他是啞巴，因為戰爭使他失去了舌頭。

今天我知道，在偉大的沉默降臨給他之前，他所參加過的那場戰爭是怎麼回事。所以我為他的死亡而高興。

因為，這世界儘管很大，卻不能同時容下我們倆。

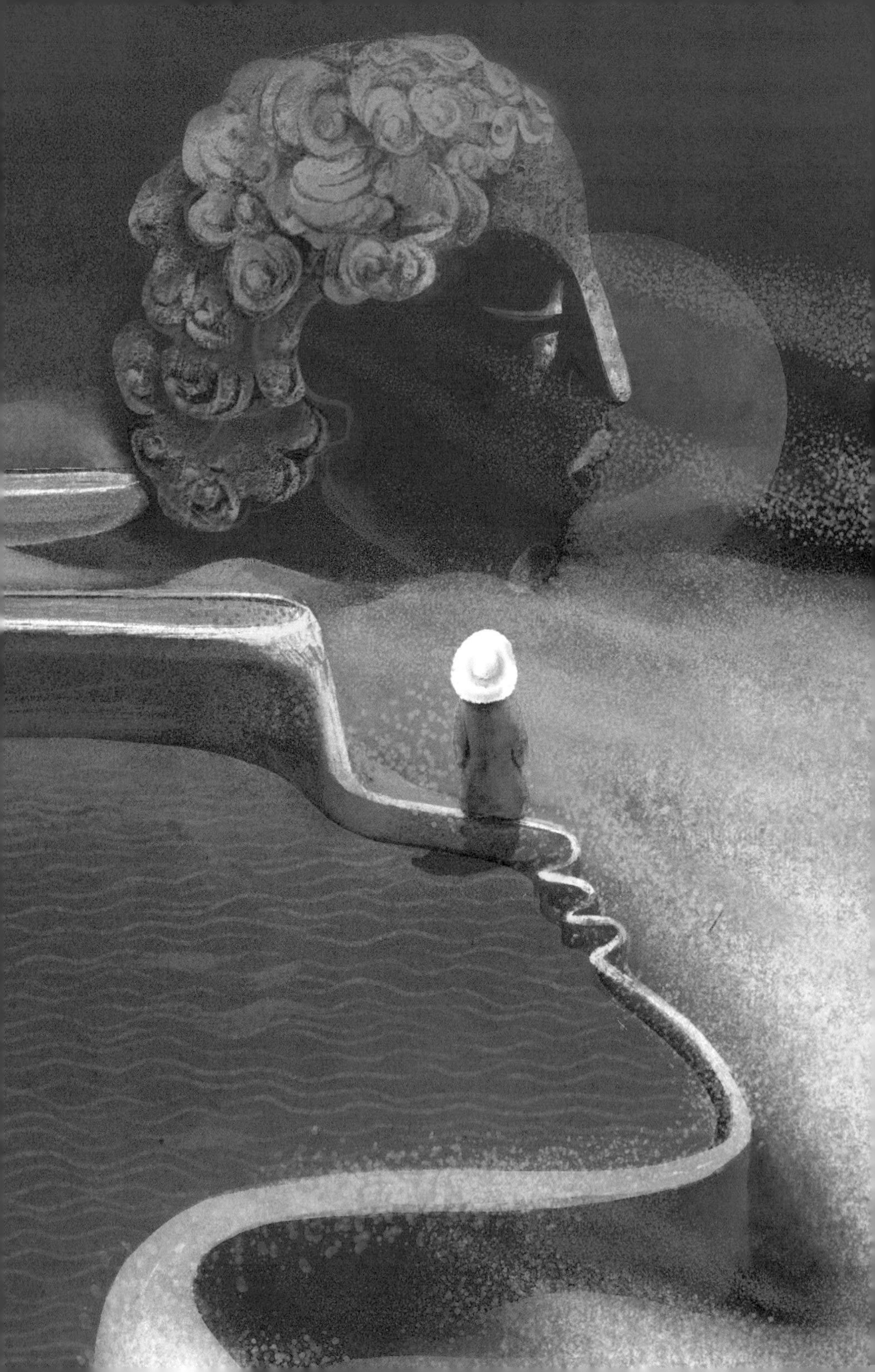

16

在埃及的土地上，我靜靜地躺了很久，竟忘卻了季節。是太陽將我生養。於是，我起身行走在尼羅河岸，與白晝一同歡唱，與黑夜一同夢幻。

如今，太陽卻用千萬隻腳把我踐踏，想使我再次在埃及的土地上躺下。

然而，這卻是一個奇蹟，也是一則不解之謎。

那把我聚集成一體的太陽不能再把我打散。

於是，我依然挺立著，並用穩健的步伐行走在尼羅河兩岸。

17

記憶是一種相會。

18

遺忘是一種自由。

19

我們憑太陽的無數運動來計時，他們以口袋裡小小的機器來計時。

請你告訴我，我們怎能在同一時間、同一地點相聚在一起呢？

20

從銀河之窗往下看，那天空就不是地球與太陽之間的天空了。

21

人性是一條光河，它從永恆的山谷流來，一直流向永恆的大海。

22

居住於以太的精靈，難道他們就不羨慕世人的痛苦嗎？

23

在通向聖殿的路上，我碰到了另一名朝聖者，便問他：「這條路真能通向聖城嗎？」

他答道：「你跟著我，再過一天一夜就到聖城了。」

於是，我不假思索地跟上他。我們走了幾個白天又幾個夜晚竟還未到聖城。

當我發現他讓我誤入歧途，卻還遷怒於我時，我感到驚愕極了。

24

上帝啊，在兔子成為我的食物之前，就使我成為獅子的獵物吧！

25

除非行過黑夜之徑，否則無法抵達黎明。

26

我的寓所對我說：

「你可不要捨我而去，因為你的過去就住在我這裡。」

道路對我說：

「快跟我來，我就是你的將來。」

我對寓所和道路說：

「我沒有過去，也沒有將來。

「如果我住下了，在我的住中就有離去。如果我離去了，在我的去中就有駐留。

「因為只有愛和死才能改變一切。」

27

我怎麼能對生命的公正失去信心？要知道，人睡在羽絨上所做的夢，並不比睡在泥地上所做的夢更加美妙。

28

在痛苦裡面存在著我的享樂，但我竟那樣奇怪，會對這痛苦抱怨不已。

29

我曾七次鄙視自己的靈魂：

第一次，是在我發現它為了昇華而故作謙虛時。

第二次，是在我看見它竟在真誠者面前狂舞時。

第三次，是在讓它選擇難易，而它選了易的時候。

第四次，是在它做了錯事，卻以別人也做錯事來自我安慰時。

第五次，是在它容忍軟弱，卻把自己的忍受稱為堅強時。

第六次，是在它譏笑一張醜陋的臉，而它竟不知這正是它許多面具中的一副面具的時候。

第七次，是在它唱著一首頌歌，並認為唱頌歌就是一種美德的時候。

30

我不懂得抽象的真理，
但是，面對我的無知，我是謙虛的，
而我的自豪、我的酬報就蘊藏在這之中。

31

人的理想和成就之間有一段距離，唯有靠熱情才能跨越。

32

天堂就在那邊，在那扇門的後面、在隔壁房裡，我卻把門的鑰匙弄丟了。

也許沒丟，只是把它放錯了地方。

33

你是盲人，我是聾啞人，那麼就將你的手置於我的手上，以使我們相互瞭解。

34

人的價值不在於他所取得的成就，而在於他對所求之物的嚮往。

35

我們之中有些人像墨水，另一些人像白紙。
要不是有些人是黑的話，那白的就成了啞巴。
要不是有些人是白的話，那黑的也就成了瞎子。

36

給我一隻耳朵，我將給你聲音。

37

理性是一塊海綿，

心是一條小河。

可是，我們之中有很多人情願吮吸而不願奔流，

這不令人驚訝嗎？

38

當你嚮往著那不知名的祝福，並莫名其妙地痛苦的時候，你便真正與一切生物同長，並升向你的大我。

39

當一個人沉醉於某一幻景時，即使這幻景在他看來極不清晰，也會被他認為是一樽美酒。

40

你們喝酒是為了求醉，我喝酒則是為了擺脫另一種酒醉，以求得清醒。

41

我的酒杯空了時，我情願讓它空著。但是，當它半滿時，我卻恨它的半滿。

42

人的真實樣貌不在於他表露的，而在於他所不能表露出的那一部分。

因此，你想瞭解他，就不要去聽他說出些什麼，而要去聽他沒有說出的話語。

43

我所說的一半是沒有意義的，但是，我把它說出來正是為了完善另一半的含意。

44

當你懂得適可而止時，便懂得了幽默。

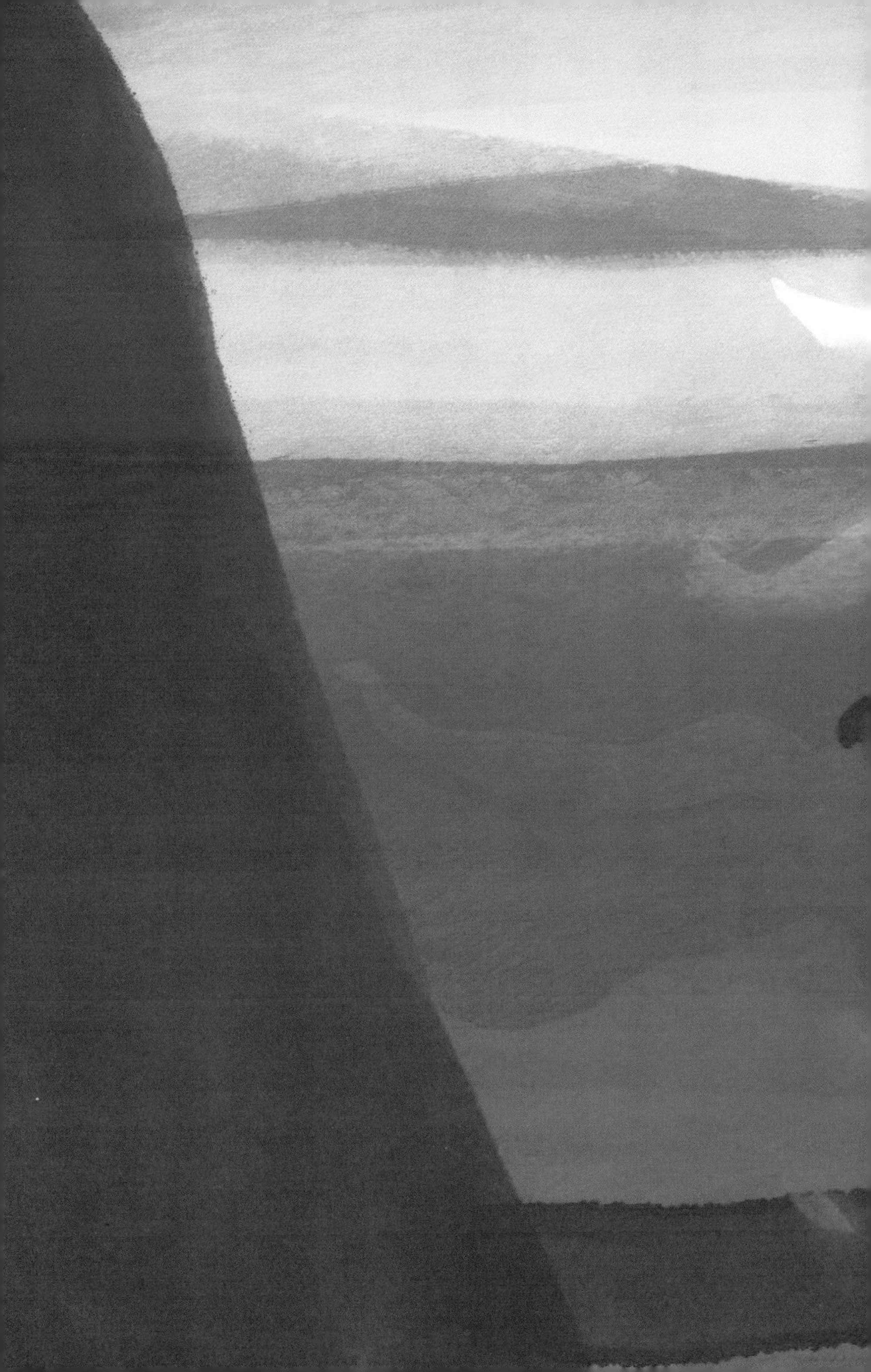

45

當別人讚揚我的多言、責備我的沉默時，

我的孤獨便產生了。

46

生命如果找不到歌唱家為它唱出心曲的話，就會生出哲學家，來為它表述心思。

47

對真理，你應該是永遠知曉，但只在某些時候才去講述它。

48

我們內在真實的我是沉默的，後天的我卻是嘮叨的。

49

我的生命之聲不能到達你的生命之耳，但是，為了不使我們感到孤單和寂寞，還是讓我們交談吧。

50

兩個女人交談時，實際上她們什麼都沒說。一個女人自言自語時，便道出了生命的一切。

51

也許，青蛙的叫聲比牛的叫聲響亮。但是，青蛙不能在田裡拉犁耕地，也不能拉磨，你也不能用牠的皮來做鞋。

52

啞巴才會妒忌嘮叨的人。

53

如果冬天說：「春天在我心裡。」誰會相信冬天呢？

54

每一粒種子中都蘊藏著一種渴望。

55

睜開眼睛好好看一看，你便會從一切形象中看見你自己的形象。

豎起耳朵仔細聽一聽，你便會從一切聲音中聽見你自己的聲音。

56

真理需要兩個人：

一個人講述，一個人理解。

57

儘管言語的波浪時常將我們淹沒，我們的深處卻永遠是沉默的。

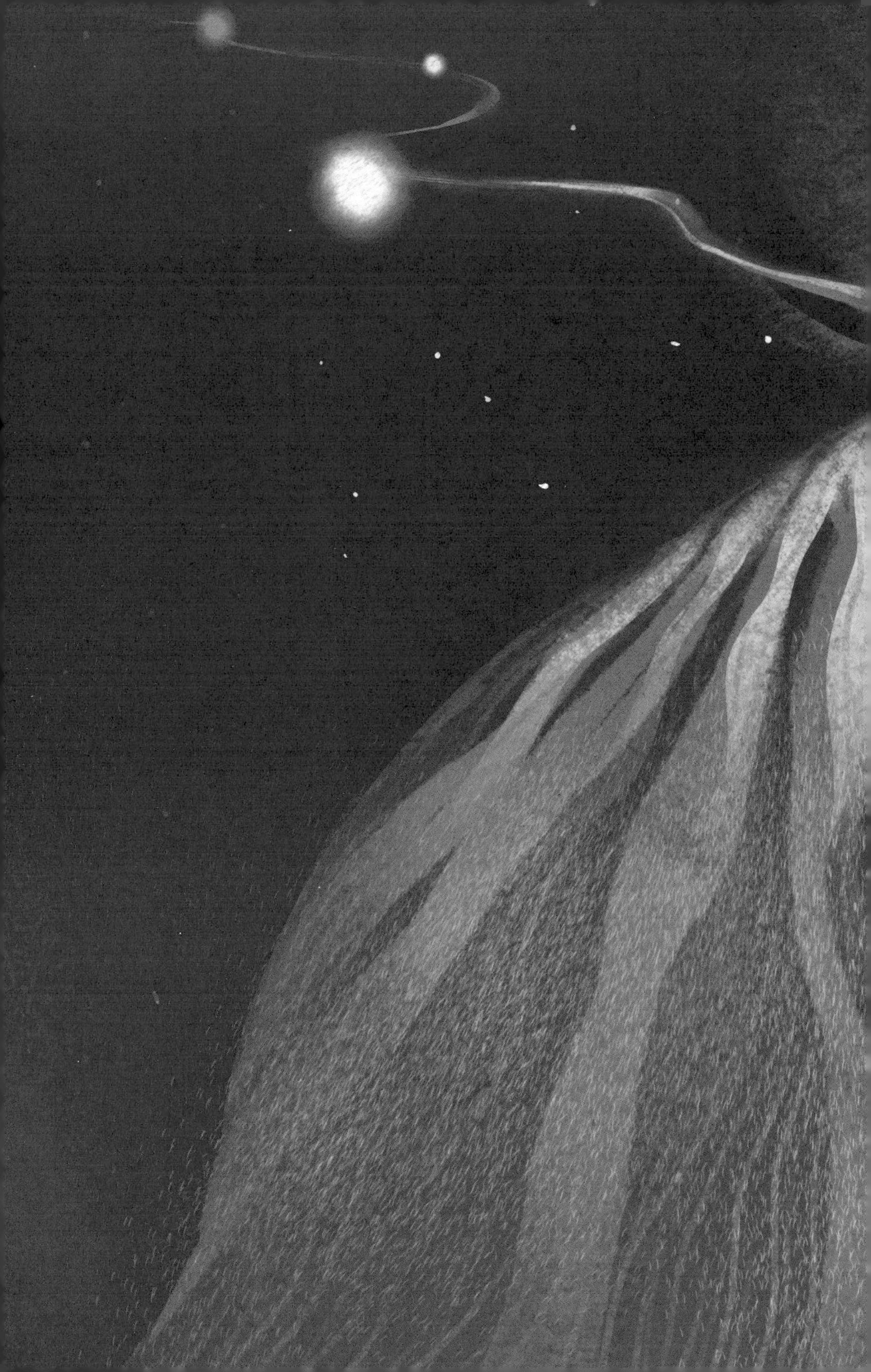

58

許多教義都猶如窗戶的玻璃，透過它可以窺探真理，但它也把我們和真理分開。

59

快讓我們一起來玩捉迷藏吧。如果你藏在我心裡，我就不難將你找尋。但是，如果你藏入自己的殼裡，那麼就不會有人找到你了。

60

女人可以用微笑蒙住自己的臉。

61

能和歡樂的心一起唱出歡快之歌的憂傷之心，它是多麼崇高呵！

62

想理解女人、研究天才，或想揭曉沉默之謎的人，與那從美夢中醒來就想坐上餐桌的人是何等相像呵！

63

我情願與行進的人一起前行，而絕不願只是駐足觀望他們從身邊走過。

64

為你效過力的人，你是欠了他的，所欠他的，比金子更昂貴。對他，你只有以誠相待，或也為他效力。

65

我們沒有白活，他們不是用我們的骨頭建造了許多高塔嗎？

66

要多一點研究，但不必太講究。
詩人的思緒和蠍子的尾巴，其尊貴都歸功於同一塊土地。

67

每一條龍都會生出一個屠龍的聖・喬治來。

68

樹木就是大地書寫於天空的詩句。
我們砍樹造紙，以使我們記錄下我們的虛空和笨拙。

69

如果你發現你有寫作的欲望——只有聖人才知曉這欲望的奧祕——你就必須擁有知識、藝術和魔術：文字的韻律知識、樸實無華的藝術，和熱愛讀者的魔術。

70

他們把筆蘸著我們的心血，佯稱已獲得了靈感。

71

倘若樹木能記錄下自己的經歷，它的記錄就會如同一個民族的歷史。

72

倘若讓我在「作詩的能力」和「詩未被寫成前的狂喜」之間選擇，我是會選那狂喜的，因為狂喜是更棒的詩。

然而你和我所有的鄰居，都認為我太傻，說我總是選擇無益的東西。

詩

詩不是文字可以表達的意見，而是由流血的傷口，或由微笑的嘴唇湧出，並不斷昇華的一首歌曲。

73

52

74

言語不受時間限制，當你說它或寫它的時候最好能注意到它的這一特點。

75

詩人是被廢黜的君王，他端坐在王宮的廢墟上，試圖用灰燼再捏出一個形象。

76

詩是許多歡樂、許多痛苦、許多驚愕和少量詞彙的交織體。

77

詩人要想尋覓其心靈之歌的母親，那是徒勞的。

78

有一次，我對詩人說：
「只有在你死後，我們才能理解你的價值。」
詩人答道：
「是的，死亡從來就是真理的揭露者。如果你們真想藉由死亡來瞭解我的價值，那只是因為我的心比我的舌頭更富有，我的願望比我已經得到的更多。」

79

當你吟唱美的時候，即便身處荒漠，也會有聽眾。

80

詩是迷醉心靈的智慧。
智慧是唱出人思想的詩。
倘若我們能迷醉人的心靈，同時又能唱出他的思想，那麼他真可被認為是活在神的庇蔭下了。

81

靈感總是在不停地歌唱，
靈感從來就不解釋。

82

我們常常為了讓自己入睡而給孩子唱催眠曲。

83

我們所有的言語都是從思想的筵席上散落下來的殘屑。

84

思想是通往詩歌之路上的障礙。

85

只有唱出我們沉默之歌的，才是偉大的歌唱家。

86

如果你的嘴裡塞滿了食物，你怎能歌唱？

如果你的手上捏滿了黃金，你又怎能舉起祝福之手？

87

他們說，夜鶯唱戀歌時將刺扎進自己的胸膛。
我們也都和牠一樣，否則，我們怎能歌唱？

88

天才是晚春開始時鳥兒所唱的歌聲。

89

即便那長著雙翼的靈魂也無法擺脫凡俗之需。

90

瘋人和你，也和我一樣都是音樂家，只是他的樂器奏不出和諧的曲調。

91

母親心中無聲的歌曲，由她孩子的雙唇唱出來。

92

世上沒有不能實現的願望。

93

我和另外一個自我從來就沒有一致過。我似乎感到有一種奧祕橫亙在我們之間。

94

你的另一個自我總是為了你難過，它在痛苦之中成長，因此這痛苦將化為快樂。

95

除非靈魂熟睡、軀體卻不順從，否則靈魂與軀體不會互相廝殺。

96

當你觸及生命的核心時，便會發現美存在於一切事物之中，甚至存在於看不見美的眼睛之中。

97

美就是我們一生尋覓的東西，除此之外的一切僅是各種等待的形式。

98

播下一粒種子，大地就會為你綻放一朵鮮花；
去天上尋找你的一個夢想，天將賜你一個心愛的人。

99

在你生下的那天，魔鬼就死了。
因此，當你去見天使時，也無須再跨越地獄之門了。

100

借到男人心的女人真多！
可是，擁有男人心的女人真少！

101

若你想擁有，必須先不要索求。

102

當男人的手觸摸女人的手時，就意味著他倆已碰觸到了永恆之心。

103

愛情是情人之間的面紗。

104

每個男人都愛著兩個女人：一個存在於他的想像中，另一個還未誕生。

105

男人如果不能原諒女人小小的過失，就不可能欣賞她們偉大的德性。

106

不能隨日月更新的愛情，
終將變成習慣，
而且很快成為奴役。

107

相愛的人僅僅擁抱了他們倆之間的東西，並非相互擁抱。

108

愛戀和猜疑不能同在。

109

愛是由光明鑄成的字眼，它被光明之手書寫於光明的紙頁上。

110

友誼永遠是一種甜蜜的責任，而不是自私者的機會。

111

如果你不能在各種情形下都瞭解你的朋友，你就永遠也不會瞭解他。

112

你最美的衣裳是別人織的；
你最佳的美餐是在別人的餐桌上吃的；
你最舒適的床在別人的房間裡。
那麼，請你告訴我，你能將你自己和別人分開嗎？

113

你的思想和我的心靈不會相吻合，除非你的思想不再居留於數字，我的心靈不再駐足在霧靄中。

114

除非我們將語言濃縮成七個字，否則我們永遠不會互相理解。

115

我們的心靈之門，要是不將它砸碎，又怎能將它啟封？

116

只有巨大的悲痛和極度的歡樂才能展示你的真實。

倘若你要顯露真正的自我，你要嘛赤裸著在太陽底下舞蹈，不然就背起你的十字架。

117

如果大自然聽從我們所說的滿足，江河便不再尋覓大海，冬天也不會變成春天。

如果大自然聽從我們所說的節約，那麼我們當中又有多少人能呼吸到空氣呢？

118

當你背對太陽，便只能看到自己的影子。

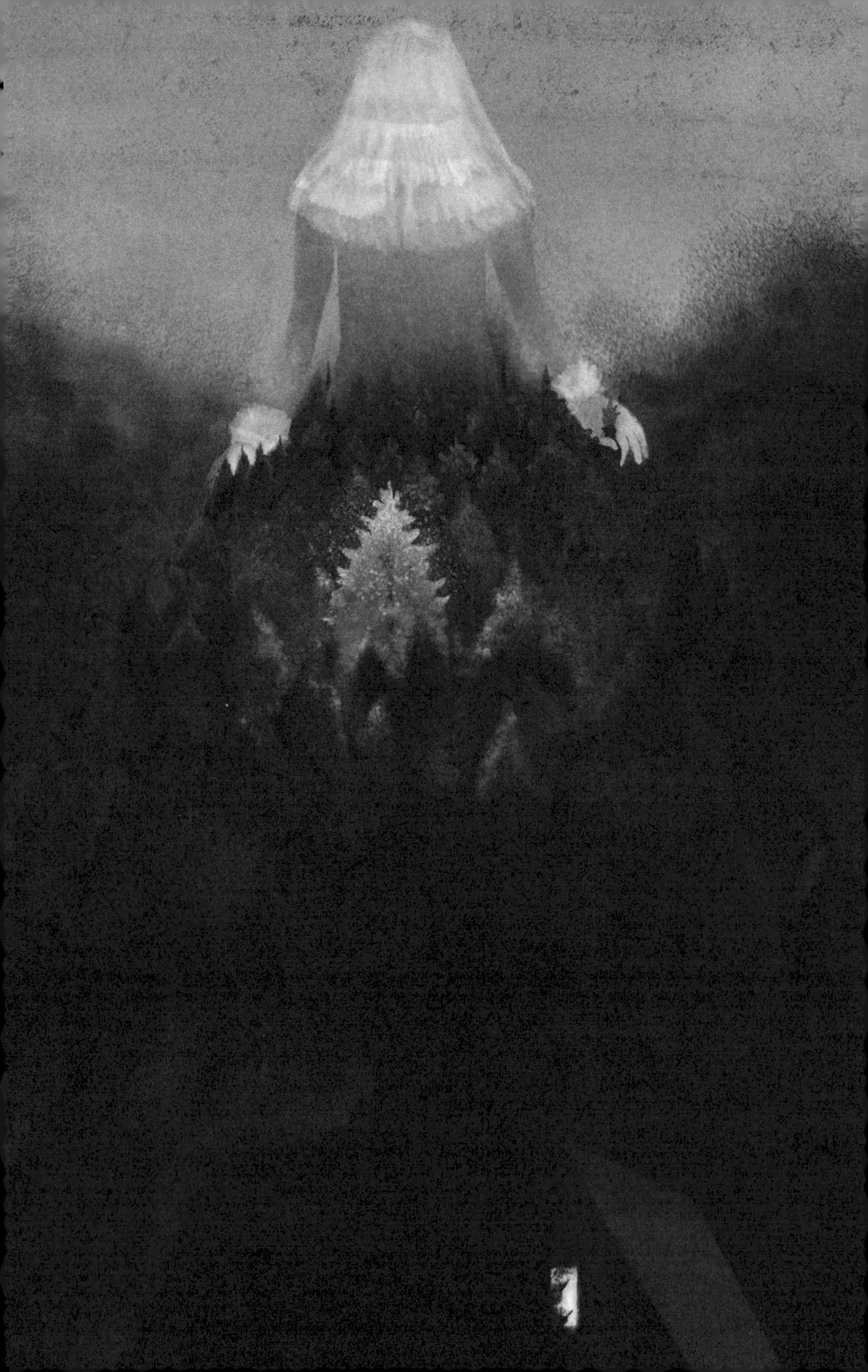

119

在白晝的太陽前面，你是自由的。
在黑夜的月亮與星星前面，你也是自由的。
在沒有太陽、沒有月亮，也沒有星星的時候，你也是自由的。
甚至在你面對萬物緊閉雙眼時，你也是自由的。
但是，你是你所愛的人的奴僕，因為你愛他。
你也是愛你的人的奴僕，因為他愛你。

120

我們都是佇立於神殿門口的乞討者，我們每一個人都從那個進出神殿的國王手中得到他賜予的恩賞。

但是，我們都相互妒忌，以此來表示我們對國王的蔑視。

121

你不能吃得超過你的所需。你所吃的一半是屬於他人的。而且，你還應留下一點麵包給突然造訪的客人享用。

122

家如無客則成墳墓。

123

好客的狼對可憐的羊羔說：「你不想光臨寒舍嗎？」

羊羔說：「如果貴舍不在你的胃中，我一定視造訪貴舍為最大的榮幸。」

124

我將客人攔在門口，對他說：「我以你的主發誓，你進門時不必擦腳，留待出門時再擦吧。」

125

慷慨並不是你把我比你更需要的東西賜予我，而是你把你比我更需要的東西也給了我。

126

你施予的時候，是仁慈的。但是，別忘了在你施予的時候不要把臉朝向受施者，免得看見那受施者的羞赧。

127

最富者與赤貧者之間的差別只在於一整天的飢餓和一小時的乾渴。

128

我們時常向明天借貸，以支付昨日的欠帳。

129

多少次天使和魔鬼來造訪我，而我都從中解脫了。

天使來的時候，我念一段陳舊的禱文，他便厭煩了，離我而去。

魔鬼來的時候，我再犯一次舊的過錯，他也就從我身邊擦身而過。

130

無論怎麼說，這並不是一座很糟的監獄，可是，我不喜歡這堵將我與另一間牢房隔開的牆。

然而，我要強調，我無意責備獄吏和那造獄者。

131

你向他求魚，他卻給你蛇的人，也許他們除了蛇確無他物可給，因此，他們的這一行為可視為是慷慨的。

132

行騙有時確能得手，但是，它最終將走向自焚。

133

如果你饒恕了那並沒致人流血的殺手、並沒偷盜的竊賊，以及並沒撒謊的偽君子，那麼你確實是一個寬宏大度的人。

134

能將手指放在善惡分野之處的人，確能觸摸到上帝聖衣的穗飾。

135

如果你的心是一座火山，
又怎能指望在你的手上開出鮮花？

136

有時，我很想有人來向我行騙，這樣，我便可以嘲笑那些以為我不知道自己正在被欺騙的人了，這不有點怪嗎？

137

對一個扮演著被追趕的追趕者，我又能說他什麼呢？

138

把你的衣服給了那個用它來擦他的髒手的人吧，因為他也許還需要這件衣服，你則不再需要了。

139

真可惜呀，兌錢幣的為什麼就不能成為園丁？

140

以你的主發誓，不要用後天的德行來遮蓋你先天的缺陷；我對自身那小小的缺陷有偏好，因為它屬於我自己。

141

有好幾次，我將並不是我犯的過錯都歸到自己身上，為的是不讓自己在與有罪之人同坐時，顯得比他們更加高尚。

142

生命的面具本身就是那比生命更深奧、更神祕的面具。

143

你能以對你自我的瞭解去評判他人。那麼，你是否能告訴我，我們之中誰是罪人、誰是無辜的？

144

真正公正的人就是感到應該分擔你一半罪過的人。

145

破壞人類法律的只有兩種人，那就是白癡與天才。這兩種人離上帝的心最近。

146

被追逐的時候，

腳下才會生風。

147

主啊，我沒有仇人，

如果一定要讓我有仇人的話，就讓我的仇人與我一樣富有力量。

以便讓真理成為唯一的勝者。

148

等到你和你的敵人都死去之後，你們就完全能和平共處了。

149

人在很多情況下都會為了自衛而自殺。

150

從前，有一個人非常愛大家，大家也非常愛他，因此他被大家釘上了十字架。

告訴你，也許你會感到驚愕，昨天，我曾三次見到了他。
第一次見到他時，他正哀求警察不要將一個妓女關進大牢；
第二次見到他時，他正與一個醉漢在酗酒；
第三次見到他時，他正在教堂裡與提倡者鬥毆。

151

如果他們所說的一切善惡都為真的話，那麼我的一生都在犯罪。

152

憐憫只是半個公義。

153

只有那個我曾虧待了他兄弟的人，才會虧待我。

154

看見某人正在被帶進監獄時，你就在心中默默地說：也許他是從更小更差的監獄裡逃出來的。

看見醉漢的時候，你也在心裡默默地說：誰知道這人是否真醉，也許他為了擺脫比酒醉更糟的事。

155

好幾次，自衛使我憎恨，然而，倘若我夠堅強，就不會動用這種方法。

156

用掠過雙唇的微笑去遮掩憎恨目光的人，多麼愚蠢啊！

157

只有在我之下的人才會妒忌我、憎恨我。

可是，至今我並沒被人妒忌、被人憎恨，可見我不在他人之上。

只有在我之上的人才會讚揚我、輕視我。

可是，至今我並沒被人讚揚、被人輕視，可見我並不在他人之下。

158

你對我說，你不瞭解我。你的這一說法對我來說是過分的讚揚，對你來說則是過分的侮辱。

159

生命給了我金子，而我只給你銀子，即便如此，我還自以為慷慨，我真是太卑劣了！

160

當你深入生命心中的時候，便會發現自己不比罪犯高尚，也不比先知低下。

161

奇怪的是，你竟可憐那慢腳步的人，而不可憐那慢思維的人；可憐那盲眼的人，卻不可憐那盲心的人。

162

瘸子不在他仇人的頭上敲斷自己的拐杖，這是絕頂聰明的。

163

那個想用他袋中之物換取你心中之物的人是多麼傻呀！

164

生命是一支龐大的隊伍，慢行者認為它走得太快，便離開了它；疾步者認為它走得太慢，也離開了它。

165

如果真有罪惡，那就是，我們中的一些人倒行著效仿我們的祖先，犯了過去的罪；

另一些人則超前部署，威壓我們的孩子，犯了將來的罪。

166

與被世人看作壞人的人在一起的，才是真正的好人。

167

我們都是囚徒，但是，有些人被關在有窗的牢房裡，另一些人則被關在無窗的牢房裡。

168

奇怪的是，我們為自己的錯誤辯護時所施的力量，遠比我們為捍衛正確時所施的力量大。

169

倘若我們彼此承認自己的過錯，我們都將為自己缺乏創意而相互嘲笑。

倘若我們彼此相互展現自己的美德，我們也將為自己沒有創意而大笑。

170

個人將一直凌駕於人類的法律之上，直到他犯下與之相抵觸的罪。此後，他就不再在他人之上，也不在他人之下了。

171

政府就是你我之間達成的一種協定，而你和我常常身處謬誤。

172

罪惡是需要的一個別名，或者是疾病的一種表現。

173

還有比意識到他人的錯誤更大的錯誤嗎？

174

如果有人嘲笑你，你可以憐憫他。

但是，如果你嘲笑他，就絕不能饒恕你自己。

如果有人欺負你，你可以忘記他對你的傷害。

但是，如果你傷害了他人，就永遠不要忘記你的這一行為。

因此，你要相信，別人就是你最敏感的自我，只不過依附於他人軀體上罷了。

175

你想讓別人借你的翅膀飛翔，而你卻連一根羽毛都不給他，你是多麼愚蠢啊！

176

有個男人坐在我的餐桌上，吃著我的麵包，喝著我的酒，臨走時還嘲笑我。

之後，他又來問我要麵包和酒，我沒答應他的請求。這時，天使嘲笑了我。

177

憎恨是一具僵死的軀體，你們中有誰願意成為墳墓呢？

178

遇害者的光榮只因他不是凶手。

179

人道的最強音是無聲的人道之心，而不是嘮叨不休的思想。

180

他們認為我是瘋子，因為我不願用自己的時間換取金錢。
我認為他們是瘋子，因為他們以為我的時間是待價而沽的。

181

他們在我們面前展現他們的金銀財寶，我們卻向他們展現心扉和靈魂。

儘管如此，在他們看來，他們是主人，而我們是客人。

182

我願意成為世上有夢、並想實現自己夢想的最渺小者，卻不願成為無夢、無願望的最偉大者。

183

最值得可憐的人，是想把夢想變成金銀的人。

我們都在攀登心願的高峰。如果在你身旁的攀登者偷走了你的糧袋和錢袋，使他的糧袋變滿了、錢袋變沉了，那麼，你要對他寬容一點，要同情他。

因為，糧袋變滿了會給攀登增加困難，而沉重的口袋又將使他的路程變得更長。

瘦身的你，在看見他正因負擔太重而步履艱難時，該毫不遲疑地去幫助他，因為這樣會加快你自己的速度。

185

你無法超越自己的瞭解去判斷一個人，而你所瞭解的又是多麼膚淺呀！

186

我不愛聽侵略者對被征服者的說教。

187

真正的自由人，
能以毅力和感激之情背起奴隸的重負。

188

一千年以前，我的一個鄰人對我說，他厭惡生命，因為生命中只有痛苦。

昨天，我經過一座墳墓時，看見生命正在他的墳上跳舞。

189

自然界中的爭鬥，就是無序對有序的渴望。

190

孤獨是吹落我們生命枯枝的無聲風暴。
然而，它卻能使我們活生生的根更深地扎入活生生的大地和活生生的心裡。

191

我對溪流描述大海，溪流認為我是愛誇張的幻想者。
我對大海描述溪流，大海認為我是愛諷刺的誹謗者。

192

視螞蟻的勤奮高於螞蚱的歌唱的人，其見識該有多麼狹隘！

193

這世界上最高的美德，在另一個世界中或許是最無關緊要的。

194

深和高都必須以直線才能下到最深、升到最高，唯有在圓周中運行才能廣闊無邊。

195

要不是我們有自己的度量衡，那麼面對螢火蟲極微的光亮，
也會像面對太陽一般感到敬畏。

196

缺乏想像力的科學家猶如手持鈍刀與舊秤的屠夫。
但既然我們不可能全都成為素食者，又該怎麼辦呢？

197

如果你對飢餓者唱歌，那麼他是用他的空腹來聆聽的。

198

死亡與老人的距離並不比死亡與嬰兒的距離更近，生命也一樣。

199

如果你非得說實話，就該說得漂亮一點。不然，你就別開口，因為我們鄰里中有人已命在旦夕。

200

或許人間的葬禮正是天使間的婚宴。

201

被遺忘的真理可能死去，而在其遺囑裡的七千條真理卻可能被用於為它出殯、建造墳墓。

202

我們說話僅僅是為了與我們的自我對話，可是，我們時常將自己的聲音提得太高，使得他人也能聽見。

203

顯而易見的東西就是：在被人以最簡單的方式說出來之前，無人看得出來。

204

假如銀河不在我的內心深處，我又怎麼能夠看見它或認識它呢？

205

如果我沒有成為醫生中的醫生，他們就不會相信我是天文學家。

206

珍珠只不過是大海對貝殼下的定義，鑽石只不過是時間給煤炭下的定義。

207

功名是熱情佇立於光明之中的影子。

208

根是唾棄功名的花朵。

209

沒有美就沒有宗教，也沒有科學。

210

我所認識的偉人中，無一不在其支起偉大宮殿的基石中存有些許渺小的東西，而正是這些渺小的東西阻止了偉人的懶惰、瘋狂和自殺。

211

真正的偉人，既不壓制人，也不被別人壓制。

212

我不會只因為一個人殺了罪犯和先知，就認為他十分平庸。

213

容忍就是對傲慢得了相思的一種病。

214

蟲子會彎曲，然而大象也會折腰屈身，這不是很奇怪嗎？

215

未能達到一致，也許正是兩種思想之間的捷徑。

216

我是一盆烈火，我也是一根枯枝，一部分的我吞食了另一部分的我。

那麼，你是否已經轉過臉去，以便不讓我的煙塵遮擋住你的視線呢？

217

我們全都在向那聖山的頂峰攀登，那麼，如果我們將過去視作地圖，而不視為嚮導的話，那路程是否可以更短一些呢？

218

當智慧驕傲到不再哭泣、狂妄到不再歡笑、自滿到不願注視他人時，它就不再是智慧了。

219

如果我用你所知道的一切來填滿自己，那麼，對那些你所不知道的東西，我又能將它擱置何處呢？

220

我從多話者那裡學到了沉默，從固執己見者那裡學會了寬容，又從殘忍者那裡學會了仁慈。奇怪的是，儘管如此，我並不承認這些老師的恩情。

221

對宗教固執己見者是極聾的演說家。

222

妒忌的沉默是極度的吵鬧。

223

當你抵達你所知的終點時，便已處在你應該領悟的起點。

224

誇張是你難以駕馭它脾性的真理。

225

如果你只看見光所顯示的、只聽見聲音所宣告的，那麼你實際上並沒有看也沒有聽。

226

事實是去掉性別的真理。

227

你不能在同一時間又笑又冷酷。

228

離我心最近者是沒有王國的國王和不會乞討的窮人。

229

羞赧的失敗比驕傲的成功更好。

230

在大地的任何角落，你只要挖掘便能發現寶藏，但是，你必須懷著農夫的信念去挖掘。

231

二十名騎著馬的獵人帶著二十條獵狗追逐著一隻狐狸。那狐狸說：他們肯定會把我殺死。但是，他們也真夠笨、真夠傻的。我想，即便我們狐狸也不會傻到以二十隻狐狸騎著二十頭驢帶著二十隻狼去追打一個人的地步。

232

是人的思想，而不是人的精神，屈從於由人制定的法律。

233

我是旅行家，同時也是航海家，每天清晨我都在自己的心靈中發現新大陸。

234

一個女人說：「這戰爭怎麼不是聖戰呢？我兒子就是在這場戰爭中獻身的。」

235

有一次，我對生命說：「我想聽聽死亡說話。」

於是，生命提高嗓門，對我說：「現在你可以聽到它的聲音了。」

236

當你解開了生命的全部奧祕時，你便渴望死亡，因為死亡本身就是生命的又一個祕密。

237

生和死是勇敢的最高表現。

238

朋友，對於生命，你我永遠是陌生人。
我倆彼此也是陌生的，而且對自己也是陌生的。
直到你說話我聽話的那一天，並把你的聲音當做是我的聲音；
直到當我站在你面前時，就似站在一面鏡子前。

239

他們對我說：「如果你瞭解自己，就可瞭解所有人。」
我對他們說：「只有當我瞭解了所有人，才能瞭解我自己。」

240

一個人有兩個我，一個在黑暗中醒著，一個在光明中睡著。

241

真正的隱士是拋棄了碎片世界，享受著不可肢解的完整世界的人。

242

學者和詩人之間隔著一條綠野：若學者能跨越這綠野，就能成為智者；若詩人也能跨越，便可成為先知。

243

昨天晚上，我看見那些哲學家將自己的頭顱置放在籃子裡，提著籃子在城市的廣場上穿行，並大聲叫喚著：「智慧，賣智慧囉！」

可憐的哲學家！他們竟出售自己的頭顱來餵飽自己的心！

哲學家對清道夫說：「我很同情你，因為你這份工作又髒又累。」

清道夫回答說：「先生，謝謝你。請你告訴我，你是幹什麼的？」

哲學家自豪地答道：「我專門研究人的道德、脾性，還研究人的行為和欲望。」

清道夫一面掃街一面笑著對哲學家說：「真可憐，真可憐呀！」

聆聽真理的人並不一定比講述真理的人更低下。

246

沒人能在必需與奢侈之間劃一條明確的界線，因為只有天使才能這樣做，天使絕頂聰明。

或許天使就是我們在太空中最崇高的思想。

247

能在苦行僧心中找到王位的才是真正的君王。

248

超越自身能力的施予是慷慨，索取少於自己所需的是自尊。

249

實際上，你並不欠任何人。但是，你欠所有人的是你的一切。

250

所有以前活著的人，今天都和我們生活在一起。我們中還有誰不願成為好客的主人呢？

251

多願望者長壽。

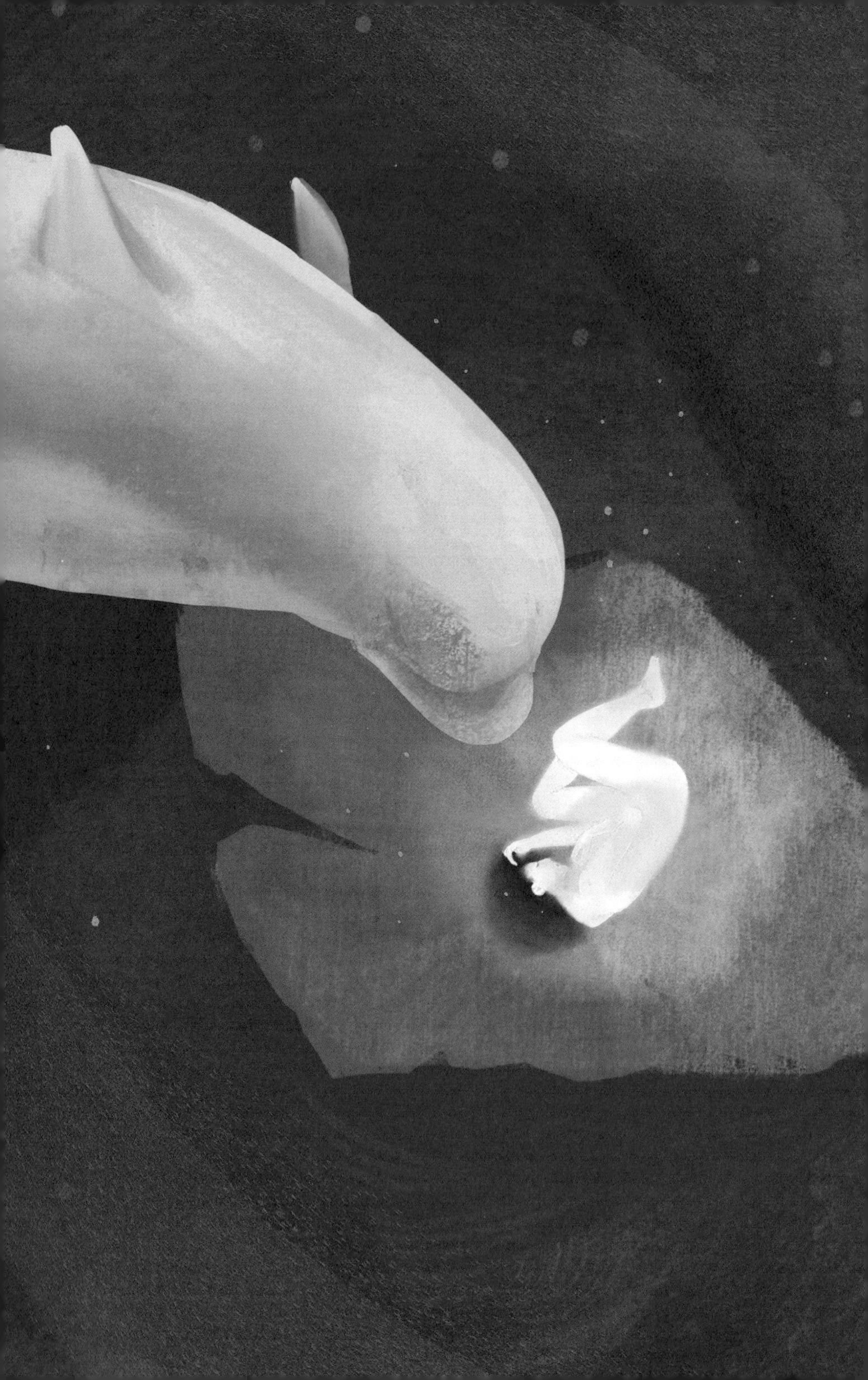

252

他們對我說：一鳥在手勝過十鳥在樹。
我則對他們說：一鳥在樹勝過十鳥在手。

253

世界上只有兩種元素，那就是美和真。美存在於愛者心中，真存在於耕耘者的手臂裡。

254

偉大的美俘虜了我，但是，更偉大的美卻把我從它的手中釋放了。

255

美在嚮往它的人心裡，比在看到它的人眼裡，更加光彩奪目。

256

我欽佩那向我傾訴胸懷的人，也崇尚向我道出夢想的人。但是，面對服侍我的人，我又為何如此靦腆，甚至羞愧呢？

257

過去，天才以能侍奉國王為榮。
今天，他們宣稱以侍奉窮人為榮。

258

天使知道，有許多過於實際的人，就著夢想家的汗水吃自己的麵包。

259

風趣往往是一副面具，如果你能把它扯下來，就會發現一個羞怒的才智，或是一個狡詐的機靈。

260

聰明人將聰明歸功於我，愚笨者也將愚笨歸罪於我。在我看來，他倆都沒錯。

261

只有那些心裡充滿奧祕的人，才能理解我們心中的祕密。

262

只能與你同甘、不願和你共苦的人，將失去天堂七扇大門中的一把鑰匙。

263

是的，涅槃是存在的，就在你引導羊群來到翠綠牧場的時候；就在你哄孩子入睡的時候；就在你寫上最後一行詩句的時候。

264

早在體驗歡樂和悲哀之前，我們就已選擇了我們的歡樂和我們的悲哀。

265

憂愁是橫亙在兩座花園之間的高牆。

266

當你的悲哀或者歡樂變大時，世界在你眼中就變小了。

267

願望是半個生命，冷漠則是半個死亡。

268

今天最痛苦的悲哀就是對昨天歡樂的回憶。

269

他們對我說：「你必須在今生的歡樂和來世的安寧中選擇。」我對他們說：「今生的歡樂和來世的安寧這兩者，我都選定了。因為，我心裡明白，最偉大的詩人只寫過一首詩，而這首詩的格律和韻腳都是最完整，也最優美的。」

270

信仰是心靈的綠洲，思想的駱駝隊永遠不能抵達。

271

當你抵達了自己的巔峰時，你將僅為渴望而渴望，僅為飢餓而飢餓，僅為更大的乾渴而乾渴。

272

若你向風洩露了祕密，就不要責怪風向大樹透露。

273

春天的花朵是早晨供奉在天使餐桌上的冬天的夢。

274 烏龜比兔子更瞭解路況。

275 奇怪的是，住在硬殼裡的沒有脊椎的生物，比脊椎動物更安全。

276 饒舌者最笨，演說家和拍賣師沒什麼兩樣。

277

你要感謝，因為你並不一定需要讓別人忘記你父親的名望和叔伯的錢財。

但你更該感謝的是，沒有人需要讓別人忘記你的名望或你的錢財。

278

變戲法的人沒接住球的時候，我才會被他吸引。

279

嫉妒者不經意地讚揚了我。

280

你是你母親沉睡中的一個漫長的夢，她醒來時，便產下了你。

281

人類的胚芽存在於你母親的渴望之中。

282

我的父母希望有個孩子，便生下了我，我想使自己有父親和母親，便生下了大海和黑夜。

283

有的兒女讓我們的人生完滿，有的兒女卻只留給我們遺憾。

284

夜來臨時，你若像夜一樣陰鬱憂悒，你就帶著陰鬱躺下吧。早晨來臨時，你若依然陰鬱不歡，你就站起身，以你的意志對白晝說：我依然陰鬱。

在黑夜和白晝間轉換角色很愚蠢。它們都會嘲諷你。

285

霧中的山不是丘，雨中的橡樹也不是垂柳。

286

當心！這句話是悖論：深與高之間的距離，比中間與高、或中間與深之間的距離更短。

287

當我像一面明亮的鏡子佇立在你面前時，你注視著我，便看見了你自己的形象。

然後你對我說：「我愛你。」

但是，實際上你愛的是在我之中的你自己。

288

當你以愛鄰為樂時，你的愛中就不再有美德了。

289

不能每天湧溢的愛，每天都在死去。

290

你不能同時擁有青春，又理解青春。因為青春常常因忙於生活而忘了理解；而理解則忙於尋找自我而忘了生活。

你從你寓所的窗口望著行人，或許會看見一個修女正朝著你的右邊走來，一個妓女正朝著你的左邊走來。

在你純潔無瑕的心中，你對自己說：「這個女人多麼高尚，那個女人多麼低賤！」

但是，倘若你閉上眼靜靜地聆聽，不一會兒你定能聽到一個聲音在空中迴盪，並透過你的舌頭說：「這個在祈禱中尋求我，那個在痛苦中尋求我，在各自的靈魂裡，都有為供奉我的靈魂而支起的蔭篷。」

292

每隔一百年，基督的耶穌便和拿撒勒的耶穌在黎巴嫩山中的花園裡相會，並作長談。每次基督耶穌離去時總要對拿撒勒耶穌說：「我的朋友，我擔心我們倆永遠永遠也不可能一致了。」

293

讓主去餵飽那些貪食者吧。

294

偉大的人有兩顆心：一顆承受痛苦，另一顆則在沉思。

295

若有人說了一句既不傷害你也不傷害除了你以外任何他人的謊話，你為何不在心裡說：他聚集事實的屋宇不夠放置他的幻想，為此，他要離開這一屋宇去尋找更廣闊的空間？

296

每扇緊閉的門後，都有用七道封條封著的祕密。

297

等待是時間的蹄子。

298

如果麻煩是你家東牆上新開的窗戶，該怎麼辦呢？

299

也許你已忘了與你同笑的人，但是，你絕不會忘記與你同哭的人。

300

毫無疑問，鹽肯定有種奇特神聖的力量，它存在於我們的眼淚裡，也存在於大海中。

301

我們的神在祂仁慈的乾渴中，會將我們的露珠和淚珠全部飲盡。

302

你只是你巨大自我的一粒碎屑，一張尋覓麵包的嘴，一隻為乾渴的嘴舉起水杯的盲目的手。

303

如果你能從對你的種族、國家，或你自身的偏愛上略抬起一腕尺，那麼你就真的如同你的主一般了。

304

假若我處在你的位置，就絕不會在退潮時埋怨大海。

305

船完好無損，船主精明能幹，然而，你的胃卻有所不適。

306

我們所嚮往的卻又不能得到的東西，遠比我們已經得到的東西更可愛。

307

倘若你高坐於雲端，就看不見國與國之間的分界，也看不見田地之間的界石。

但遺憾的是，你不能高踞雲端。

308

七個世紀以前有七隻白鴿，從深谷中飛向被白雪覆蓋的山頂。七個男人看著白鴿飛翔，其中一人說：「我看到第七隻鴿子的翅膀上有一個黑點。」

今天，這山谷裡的人談起此事時，就說：很久以前，有七隻黑鴿飛向白雪覆蓋的山頂。

309

秋天，我收集起所有的煩惱將其深埋於我的花園。

四月又到，春天又同大地結婚，我的花園裡開滿了無數與眾不同的極美鮮花。

鄰里都來我的花園賞花，他們對我說：「秋天來時，就該播種了，你是否可以將花的種子分一些給我們，使我們的花園裡也有這些花？」

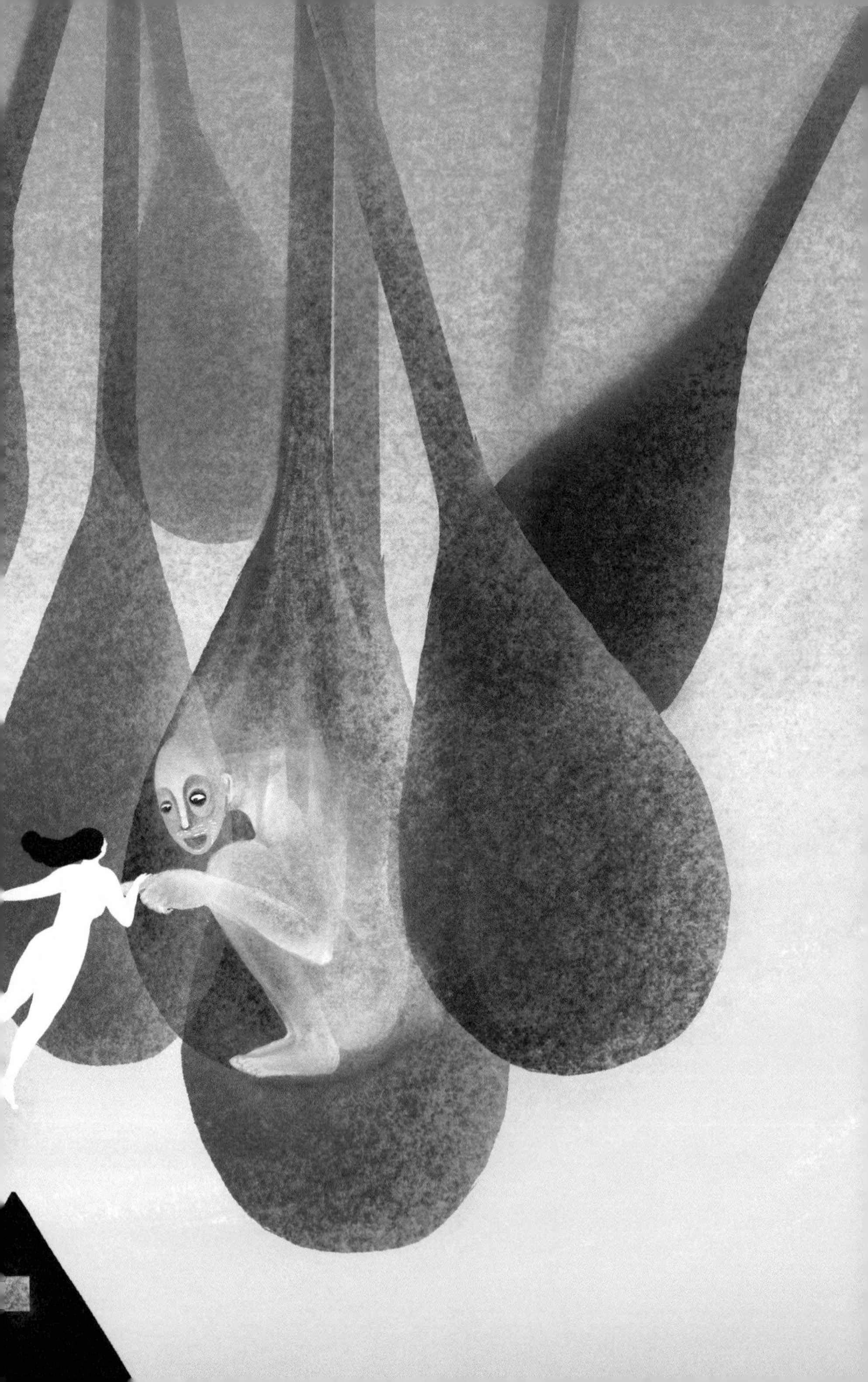

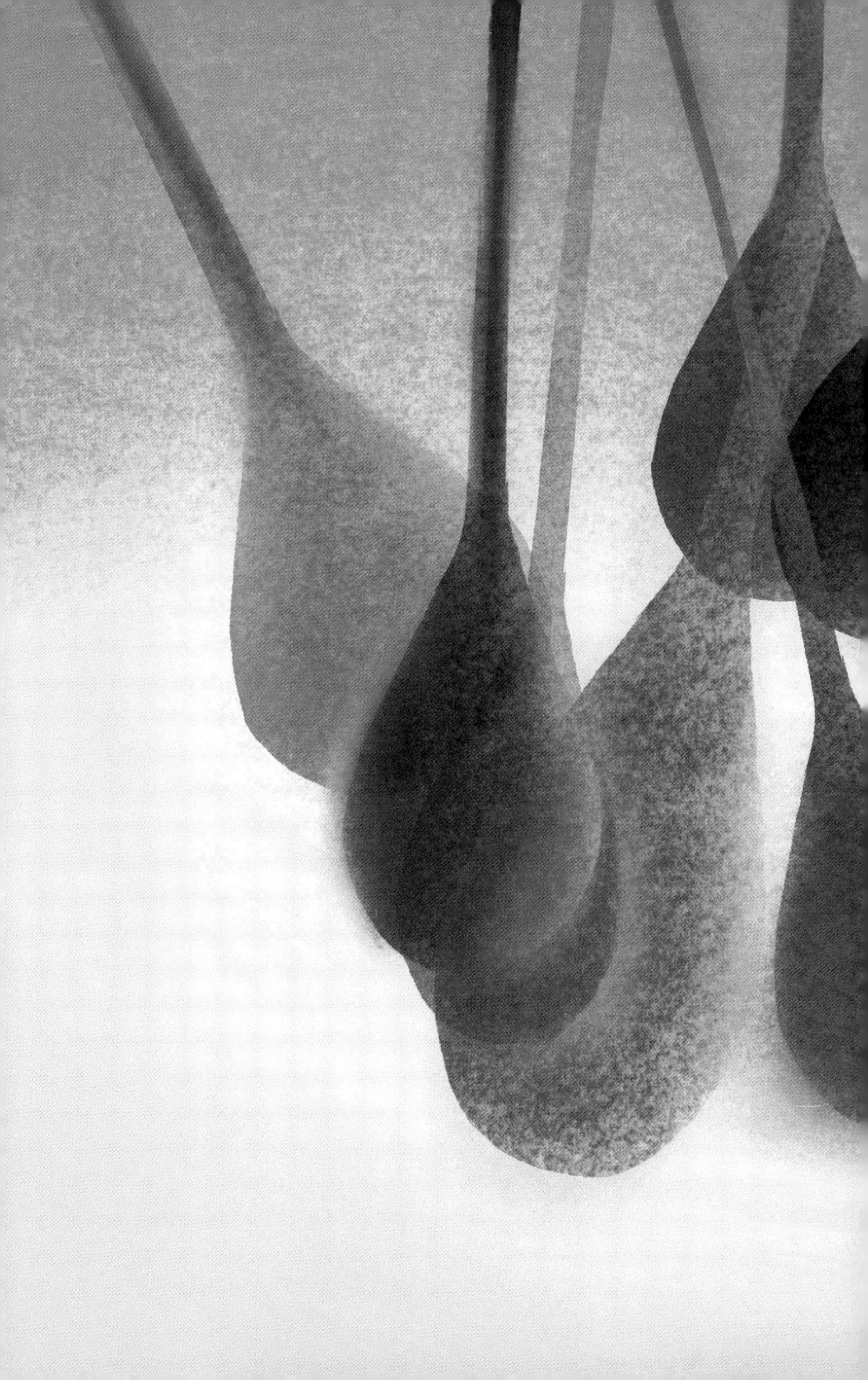

310

我伸出空手向眾人乞討，無一人願意施予，這很苦惱；

但是，倘若我伸出一隻滿握財富的手，卻無人問津，這才絕望呢！

311

我渴望永恆，因為我將在永恆中聚集起我還未寫出的詩篇和尚未畫就的圖畫。

312

藝術是自然向永恆邁進的步伐。

313

藝術品是雲霧鑄成的形象。

314

連將荊棘織成王冠的手，都比閒著不做事的手更強。

315

我們最神聖的眼淚，絕不會湧上我們的眼睛。

316

每一個人，都是這一世界上過去的每一君王和每一奴隸的子嗣。

317

倘若耶穌的祖先知道在他之中隱藏著的東西的話，難道不會對自己肅然起敬嗎？

318

猶大的母親對她兒子的愛會比馬利亞對耶穌的愛更少嗎？

319

我們的兄長耶穌還有三樁奇蹟沒記載在聖經上：其一是祂同你我一樣，是凡人；其二是祂機智又幽默；其三是祂知道自己雖然被征服，卻是征服者。

320

被釘在十字架上的人呵，祢是釘在我的心上，那刺透祢雙手的鐵釘也刺透了我的心房。

明天，當遠方來客路經各各他時，絕不會認為曾有兩個人在這裡流血，而只認為那血是從祢一個人身上流出來的。

321

你也許聽說過那座福佑山，它是世界第一高山。
倘若你攀上它的頂峰，你就只有一個願望，
那就是往下，到最深的山谷，與那裡的人一起生活。
因此，那山就被稱為福佑山。

322

每一種被我用語言禁錮著的思想，我都應藉由行動來釋放它。

大地之神

第十二夜來臨之時，
大海的夜潮在寂靜中吞沒了所有的山嶺。
大地所生的三尊神——生命的主宰——出現在群山之中。
於是，江河在祂們腳下奔騰，
煙霧在祂們的胸際繚繞，
祂們高昂著頭，莊嚴地佇立於世界之上。
然後，祂們開始說話，
祂們的聲音如遠處的雷霆在原野上久久迴盪。

神之一

風從東方吹來，
於是，我將臉朝南邊轉過去，
因為，那風使我聞到了殭屍的臭氣。

神之二

這是軀體燃燒的氣味，
它不僅美味而且慷慨，
我要將它嗅吸。

神之一

這是死屍在它微弱的火上燃燒發出的氣味，
它彌漫在空氣之中，
猶如地獄散發出的汙穢臭氣，令人窒息。
因此，我將臉朝那沒有氣味的北方轉去。

神之二

那是結出碩果之生命的芳香，
我不僅現在，而且一直都想將它嗅吸。
神就是靠獻祭、靠犧牲為生，
靠血解渴，
以年輕的生命換取心的安寧。
發自那與死亡之心共處的靈魂的永久歎息，使神的意志越發堅強，
而神的寶座正高築於先人的灰燼之上。

神之一

我的靈魂對現存的一切已經厭倦，
我再也不會為再造世界，
或為消除世界而伸出我的雙手。
倘若我能去死，我絕不為生而存在，
因為那世道的重負全都擔在我肩上。
那大海永不停息的咆哮正在耗盡我睡眠的寶藏。

呵，但願我能擺脫那最初的旨意，
像西下的夕陽一般銷聲匿跡。
我渴望我的神性不具目的，
以便我把我死亡的氣息吹向蒼穹，
這樣我就不再存在，
呵，但願我被燃燒，並走出時間的回憶，
重歸時間的虛空。

神之三

我的兩位兄弟，請聽我說，兩位古老的兄弟。
在那谷地有個年輕人，
對著長夜唱出了他的胸臆，
他的琴由金子和烏木製成，
他的聲音如同金銀。

神之二

我並不狂傲到如此地步，嚮往著自己不存在，
我所選擇的只是那最艱難的路程。
我要追蹤四季的變遷，折斷歲月的針刺，
我要播撒種子，看著它伸向大地深處。
我將花喚醒，給它注以力量，讓它擁抱生命，
然後，當狂風在林間大笑時，我又將花摘下，
以便讓人從永久的黑暗中奮起。
然而，我卻讓他的根依然戀著大地。

我要在人的心中播下對生命的渴望，
讓死亡高舉起他的杯盞。
我要賜他以愛情，這愛情伴著痛苦生長，
隨後嚮往昇華，因思戀而愈發熱烈，
隨著第一次擁抱而消散。

我要用白天崇高的夢幻使他的夜晚有序不紊，
又將神聖之夜的夢境注入他的白晝，
然後，讓日夜近似，一成不變。
使他的幻想像一隻山鷹，
使他的思想像大海的風暴，
接著，我再賜他緩慢的決斷之手、
沉重的沉思之腳，
我要給他帶來歡快，讓他在我面前高歌，
給他帶來憂愁，讓他向我們求救。

在大地因飢餓而叫嚷著乞討食物時，
我使他成為一個卑微者，
讓他的靈魂升至蒼穹，
以便他能將我們的未來品嘗。
我要將他的軀體沾滿汙泥，
以便他不將昨日遺忘。

就這樣，我們駕馭著人，直到時間的終極，
掌控著他那隨他母親的喊叫而開始、
又在他兒孫的哭號聲中結束的呼吸。

神之一

我的心因乾涸而燃燒，
但是，我不願去吞飲那弱小種族劣質的鮮血。
因為那杯盞是骯髒的，
那杯中的漿汁也在我口中變得苦澀。

我如同祢一樣，曾揉著軟泥，捏成許多能呼吸的形象。

瞬間，它們紛紛從我指間離去，湧向灌木叢和遠處的山嶺。

我如同祢一樣，曾把原始生命所處的最深處照亮，
並目睹那生命蠕動著從洞穴爬向高大的岩石。
我如同祢一樣，給春天帶來翠綠，帶來姣美，
讓春天迷惑青春，使青春生衍、壯大。

我如同祢一樣，曾帶著人類從一個聖地走向另一個聖地，

在他們對我們一無所知的境況下，將他們不顯露的無聲恐懼，化成對我們不安的信仰。

我如同祢一樣，讓暴風掠過他們的頭頂，
使他們在我們面前彎腰躬身；
於是，大地在他們腳下顫抖，
他們對著我們大聲呼叫求援。

我如同祢一樣，在洶湧的海洋中掀起波濤，讓它
淹沒小島上棲息的屋宇，直到世人在求援聲中死去。

這就是我所做的一切，甚至遠不止這些。
但是，我所做的一切都是虛空，盡屬無益。
醒著無益，睡了也虛空。
我再三強調：一切的夢盡是無益加虛空！

神之三

我的兩位兄弟呀，
在溢滿芳香的叢林，
有一個女孩正迎著月亮舞蹈，
在她的秀髮上有枚晨露織成的星星，
圍著她雙足的是千萬隻翅膀。

神之二

我們播種了人類，我們的葡萄蔓。
迎著晨曦，在紫色的霧靄中，我們在田間耕耘，
我們目睹著細枝成長，
成年累月，不分季節，我們給嫩葉以營養。
為使蓓蕾不受有害物的侵襲，
我們將它護衛，我們保護著花兒免遭惡魔傷害。
如今，葡萄蔓上已掛滿了葡萄，
祢們不要用它去釀酒，以灌滿祢們的杯盞。
誰的手比祢們的手更加能幹，能將碩果採摘？
哪種渴望比祢們的渴求更加高尚，能將醇醪期盼？

人類只是神的美餐，
人的氣息無目的地徬徨，
人的光榮就始於神的神聖雙唇吮吸這一氣息的那一刻，
人的一切，如果始終不脫人的俗氣，它們將毫無價值。

孩童的純潔，年輕人的甜蜜情感，
壯年人的執著追求，老人的智慧，
君王的榮耀，戰士的凱旋，
詩人的激情，聖賢的高貴，
所有這些，及包含的一切，只不過是神的美餐一碟。

甚至它們還未必是福佑的美餐，
如果神不將它們提至嘴邊。
如同無聲的麥粒，
只有在被夜鶯吞下去時才變成一支愛的讚歌。
如此，人也只有在成為神的美餐時，
才能品嘗到神的神性！

神之一

是的，人是神的美餐！

人所擁有的一切都將被送上神的永恆餐桌！

懷孕的痛苦，生育的艱難，

嬰兒劃破夜空的哭喊，

為向枯萎生命傾注乳汁而徹夜不眠的母親的憂傷，

那發自年輕人肺腑斷斷續續的熾熱氣息，因壓抑的情感而淌下的沉重淚水，

為開墾貧瘠土地，男人沁出汗水的前額，

當生命無視生命的意志發出召喚時，垂暮老人面對墳墓發出的悲歎。

瞧，這就是人！
飢餓造就的人，終將變成飢餓之神的食物。
他似泥土中的一根藤，在永恆的死神腳下蠕動，
他似一朵鮮花，在被邪惡籠罩著的夜晚開放，
他似葡萄，只在含淚的歲月、恐懼而恥辱的時日成熟。

儘管如此，祢們卻依然讓我去吃去喝，
希望我端坐於被裹屍布蒙住的面孔之中，
讓我從岩石般堅硬的嘴唇中汲取我的生命，
從乾枯的手中迎接我的永恆。

神之三

我的兩位兄弟呀，兩位製造恐怖的兄弟。
一個青年在峽谷深處高歌，
他的歌聲一直升騰到高高的山頂，
他的聲音震撼了森林，劃破了天際，
也驅散了大地的夢境。

神之二

（祂時常充耳不聞）

蜜蜂總在祢耳邊粗魯地嗡嗡作響，
蜂蜜在祢嘴裡變得苦澀。
我想對祢表示安慰，
可是，對我來說這又談何容易？
神祇互相交談時，只有大氣在聆聽，
因為神祇間的鴻溝無邊無際，無法丈量，
天空寂靜，就連風也已停息。
儘管如此，我還想給祢些許寬慰，
我要將祢布滿烏雲的天際變得清澈如鏡。
儘管我和祢在能力與判斷方面完全一樣，
但是，我依然要向祢進言。

當大地在宇宙生成，我們——最初的子嗣——在無瑕之光的昭示下彼此相見。這時，那使大氣和水擁有活力的顫抖著的冥冥之聲使我們娲娲升騰上。

接著，我們並肩行走在這既年邁而又年輕的世界上。從我們緩慢腳步的回聲中，時間產出了第四位神。於是，祂踩著我們的腳印，用祂的幻想遮擋住我們的思維和渴望，只有透過我們眼睛的光芒祂才被看見。

然後，生命來到了大地上，靈魂來到了生命中。靈魂在存在中曾是帶翅的樂曲。我們在生命與靈魂之中作出評判。因為除了我們，無人知曉年代的準尺和漫漫歲月中星雲之夢的分量。直至第七時代來臨，我們在大海午潮之時，讓大海成為太陽的新娘。

在這神聖的婚床上，我們造就了人，他雖然孱弱憔悴，卻印刻著父母的特徵。

透過人行走大地、仰望星空，我們找到了通向大地最遠處的道路；用人這根長在昏暗池塘中的卑微蘆葦，我們製作一支笛，並將聲音注入它的空腔，在無聲世界的每一角落將它吹響。從沒有太陽的北國，到驕陽似火的南方沙漠；從歲月誕生的蓮花之鄉，到歲月被宰殺的恐怖之島——

祢會看到膽小如鼠的人，仗著我們的意志，
手持著琴和劍在斗膽冒險。
他傳播我們的意志，宣揚我們的權力。
他愛的雙足淌過的小溪，是流向我們願望之海的條條江河。

我們——端坐於高處，在人的沉睡中做著美夢。
我們驅趕著人的歲月，讓它遠離夕照的山谷，到山岡上尋覓它的完善。
是我們的雙手將席捲世界的風暴執掌，
那風暴讓人從無為的安寧中覺醒，走向果實累累的奮鬥，乃至勝利。

在我們的眼中藏著智慧之光，它將人的靈魂變成火焰，
把人引向崇高的孤獨、叛逆的預言，
乃至被釘在十字架上。

人為膜拜而生，
膜拜中蘊藏著他的榮耀和回報。
透過人，我們尋找屬於我們的標誌，
透過人的生命，我們尋求我們自身的完善。
倘若大地的塵土使人心變啞，還有哪顆心能重複我們的回聲？
倘若夜的黑暗使人眼變瞎，
還有誰能目睹我們的榮光？
人是我們心靈的長子、是我們的形象、是我們的殷鑒，我們又該為他做些什麼？

神之三

我的兩位兄弟呀，兩位萬能的兄弟，
那美貌的跳舞女孩的雙腳已被如酒的歌曲迷醉，
正現出盎然生機，
更似白鴿展翅翱翔天際。

神之一

百靈鳥在相互啼鳴，
雄鷹在牠們之上盤旋高飛，
百靈鳥不會駐足聆聽心曲，
祢欲宣告，自愛將憑藉人的膜拜而臻至完美、憑藉人的奴性而達到滿足。
但是，我的自愛卻不可丈量，無邊無際。
我要從我在大地上死去的那一部分中昇華，
並將自己的寶座建在雲天之上。
我將用展開的雙臂將太空、將蒼穹緊緊摟抱，
我將視銀河為弓，
視彗星為箭，

以無窮來控制無窮。
而祢卻不會這樣去做，縱然這對祢來說並非不可
企及。
因為，如同人生之於人，
神也出自神。
祢想給我勞累的心帶來，
對朦朧中的往事的回憶，
而此時，我的靈魂正在群山中尋覓自我，
我的雙眼正在如鏡的水面追逐自己的身影。
我的往日已在分娩時死去，
唯有靜寂獨留在她的子宮裡，
是風揚起的沙塵在吮吸她的雙乳。

呵，死去的往日，

呵，我被羈絆著的神性的生身之母，

是哪一偉大之神在你高高飛翔時，將你捉縛，並逼你在牢籠裡生產？

是哪一偉大的太陽在你的心上注以能量，使你產下了我？

我不會祝福你，但也不會詛咒你。

如同你使我雙肩擔起生命的重負，

我也讓人肩挑重擔。

然而，我並不像你那般殘忍。

永恆的我讓人成為稍縱即逝的影子，

而你——死去的你卻造就了我的永恆。

呵，死去的往日，
你是否還能隨遙遠的明日復歸？
以便我將你帶上審判的場地。
你是否還能隨生命的曙光第二次來臨而甦醒？
以便我從大地上抹去與你相關聯的那些回憶。
我期盼著你與以往所有的死者一道站起，
以便大地飲下它自身的苦果而窒息，
使人海因溢滿祭品的鮮血而散發出腐朽的臭氣，
使更多的災難無益地耗盡大地的膏腴。

神之三

我的兩位兄弟，兩位神聖的兄弟。
我們的女孩已聽到了那醉人的歌曲，
她正在將歌手尋覓。
她興奮時，就像林中的羚羊，
歡跳在小溪邊的岩石上，
不停地朝四處觀望。
呵，伴隨著渴望難以兌現的歡欣是何等的美呀！
還有那為初露端倪的願望微睜的雙眼！
呵，那因享盡了被許諾的歡欣而顫抖的微笑是何等的美呀！

從天堂墜落的是朵什麼樣的花，
從地獄噴射的是團什麼樣的火，
它使寧靜的心如此欣喜，又如此惴惴不安？
我們在高處做著什麼樣的夢，
我們賜給風的又是什麼思想，
竟把幽谷喚醒，
把夜的雙眼打開？

神之二

祢已得到神聖的布機，
也得到製衣的技藝。
這布機和技藝將永遠為祢所擁有。
除此之外，祢還有白線和黑線，
有紫線，有金線。
儘管如此，祢卻用祢的靈魂織成衣裳，
祢用生命的氣和火織就了人的靈魂，
祢現在卻要將線扯斷，
並使祢纖細的手指永遠不為人所知。

神之一

是的，是的，我將我的雙手伸向尚未成形的永恆。
我將我的腳踏上尚未被人踩踏的田地。
能聆聽常被人吟唱的歌曲是我最大的欣喜，
——那歌聲未等氣息將其交付予風，靈敏的耳朵
就已捕捉到了它的旋律。

我的心嚮往著心所不能想像的東西，
我只將自己的靈魂送到記憶不會駐足逗留的世界。
以祢的主發誓，不要用虛無的榮耀將我試探，
也不要用祢的夢，或我的夢將我安慰。
因為我的一切、大地上的一切，
所有將要存在的一切，都不能使我的靈魂癡迷。

呵，我的靈魂，
汝的臉是沉默的，
夜的幽靈在汝眼中酣睡，
然而，汝的沉默令人生畏，
汝使人膽戰心驚。

神之三

我的兩位兄弟，兩位沉著冷靜的兄弟。
女孩已經發現了歌手，
她看著他那可愛的臉，
她像山豹，步履輕盈，
在葡萄藤與籬笆間徘徊，
他唱著愛的讚歌正望著她。

呵，我的兩位兄弟，兩位粗心的兄弟。
是否還有另一尊神用祂的痛苦織就了這紅白相間的錦緞？
是哪顆剛愎自用的星辰釋放了逃犯？
是誰神祕地將夜從白晝中分離？
是誰將手高舉在我們的天地之上？

神之一

呵，靈魂、我的靈魂，
以汝的烈焰將我圈圍的燃燒著的光環，
我怎能將汝的行跡導引，
將汝的渴望引向哪個天空？

呵，我那沒有夥伴的靈魂，
汝在飢餓中捕捉自我，
汝用淚水滋潤著自己的乾渴，
因為夜不會將露珠注入汝的杯盞，
白晝也不會給汝帶來果實。

呵，我的靈魂、我的靈魂，
汝使汝滿載著願望的船駛入港灣。
可是，哪裡又會吹來鼓起汝船帆的風？
哪裡又有啟動汝舵槳的潮水？
船已起錨，汝的雙翅正準備飛翔。
但是，天空在汝頭上依然緘默無言，
寧靜的大海嘲諷著汝的沉默。
還有什麼希望屬於汝、屬於我？

在這世界上還有什麼變革，抑或在這天空中還有什麼變化將會對汝發出召喚？

那「無窮貞女」的子宮是否已將「救主」的精血懷上？

那「救主」遠比汝的夢更加能幹，
祂的手將把汝從汝的奴性中拯救出來。

神之二

快停止祢喧囂的叫嚷，
憋住祢激情的迸發，
因為無窮的耳朵是聾的，天空的眼睛正閉著。
我們是隱匿在世界背後的一切，我們是世界之上的所有。
在我們與無限的永恆之間，除了我們尚未具形的欲望和尚未完善的目的以外，別無他物。
祢追求不明之物，那不明之物深藏在飄動的霧靄之中，
正駐留在祢靈魂深處。

是的，在祢靈魂深處，祢的「救主」正在酣睡，
在睡夢裡祂能看到祢清醒的雙眼看不到的東西，
這就是我們存在的祕密。
祢難道願意放棄祢的收穫，
以便匆匆地將種子撒入祢夢中的田疇？
祢為何要將自己的雲雨灑向荒涼之地？
而祢的羊群卻把祢四處找尋，
渴望能聚在一起，得到祢的庇蔭。

祢要深思，更要把這一世界看看仔細，
看看祢的愛孕育出的尚未斷奶的孩子。
大地是祢的居所，大地是祢的王座，
在人的希望不可企及的高處，祢的手將人的命運執掌，
祢不願將人丟棄，
他們正在奮鬥，並帶著他們的甘苦，向祢努力靠近，
對他們眼中露出的需求，祢不要視而不見。

神之一

晨曦是否將黑夜的心摟進了懷裡？
或者大海會顧及海中的屍體？
猶如晨曦，我的靈魂已覺醒，
赤裸著，並不感到惶惑。
猶如永不停息的大海，
我心把大地和人類的殘渣拋棄。
依附我者，我絕不依附於他，
但是，那高於我能力之上的贏家就是我的追求。

神之三

我的兩位兄弟呀，祢們看哪！
兩個走向星辰的靈魂已在空中聚集，等待著末日清算，
他倆相互默視著。
歌手中斷了歌唱，
然而，被太陽點燃的歌喉卻依然因歌曲而顫抖，
他的女伴已停止了舞步，
但是，她並沒有入睡。

呵，我的兩位兄弟、兩位陌生的兄弟。
夜已更深，
月光更加透亮，
在森林與大海之間，
愛在大聲呼喚，
呼喚祢倆，也呼喚我，投入它的胸膛。

神之二

呵，自然、甦醒、燃燒、生命，乃至像雙子星座觀察我們那般觀察眾生的夜晚，所有這一切在烈日面前顯得何等荒唐無稽！

呵，高昂起戴著王冠的頭，迎著四面來風，

靠平靜的氣息使人類的疾痛得以康復，這又顯得何等的微不足道！

做帳篷的工人坐在織機前面不知所措，
製陶工轉動著滾輪心不在焉。
而我們無須歇息，也無所不知，
我們已超脫於猜想和臆測。
我們不會束手無策，也不會細心研究，
因為我們已經昇華，擺脫了所有令人憂慮的問題。
讓我們愜意地生活，讓我們的夢幻自由飛翔。
讓我們像江河，不受岩石的阻擋，向著大海奔流，
直至匯入大海，
這時，我們便永遠地告別了爭論，不再為明天的命運思慮。

是呵，該詛咒的這喋喋不休的痛苦預言，
還有將日光帶到晚照，又將黑夜推向拂曉的漫漫夜談！
呵，該詛咒的海潮，
它給我們帶來永久的回憶和永久的忘卻，
呵，該詛咒的命運的種子，
它不斷地被播撒，得到的卻只是期盼，
呵，該詛咒的自我，
它毫無變化地從泥土中崛起，升向雲霧，
又帶著對泥土的眷戀重歸泥土，
卻又因渴望而重新將雲霧找尋！
呵，該詛咒的、這不適合於永恆的丈量，
難道我的靈魂一定要變成翻騰不休的汪洋？
或者變成刮著風暴的天空？

假如我是人，假如我是雙眼失明的行人，
那麼，對這一切我都能容忍；
或者，假如我是一尊「高神」——存在於人、神
的所有空間，
那麼，我也一定滿足於我的自我。

可是，祢我都不是凡人，
也不是凌駕於我們之上的「高神」，
我們是不斷隱現在天際的晚霞，
作為神的我們掌握著世界，也為世界所掌握。
我們注定要把號角吹響，
但是，吹號角的氣息與號角的聲響並不出自我們，
而是來自我們之上。

因此，祢看見，我想謀反，
耗盡我的全部，直到變成虛空一場，
想遠離祢的視野，
想從這緘默青年的記憶中消失，
這青年是我們最小的兄弟，他就坐在我們身旁，
將那片谷地凝望。
儘管他的雙唇還在顫動，卻未發出聲響。

神之三

呵，兩位粗心的兄弟，我在說話，
我要把真理講述，
可是，祢們倆除了聽自己說話外，便不聞其他。
我請祢們看看祢倆的光榮，也看看我的榮光。
可是，祢倆卻轉過身去，閉緊雙眼，又將寶座搖晃。

呵，祢們這兩位欲將上界、下界執掌的統治者，
兩尊昨日妒忌明日的自私神祇。
祢們對自我的重荷已感到疲憊不堪，
便用言語將怒氣宣洩，用閃電鞭擊我們的天地。
祢倆的爭吵只不過像一架古琴發出的聲響，
萬能之神將雙子星座當作琴，把昴宿星視作鐃鈸，
祂的手指卻忘記了將琴弦彈撥。
現在，祢倆怒不可遏地大聲叫嚷，
祂又將琴和鐃鈸弄響。

我懇求祢倆聽聽他的歌唱，
看看這一男一女，
是一團火焰在另一團火焰之上，
陶醉、癡迷地開始融化。
是根在吮吸大地的紫紅乳房，
是花在上蒼的胸膛上怒放。
我們就是紫紅的乳房，
我們就是茫茫的上蒼。
我們的靈魂就是生命的靈魂，也同是祢倆和我的靈魂。
夜居留於熾熱的喉嚨，
讓聖潔的女孩披上浪濤澎湃的衣裳。
祢們的權杖不能改變為我們設計的這一景象。
祢們的痛苦就是抱負，
因為所有這一切都將在男女的情愛中化為烏有。

神之二

這男女的情愛又能算作什麼？
請看，輕盈的東風如何起舞，
西風又如何將讚歌吟頌？
請看，我們神聖的目標正端坐在它的王位上，
一個靈魂正恭維地對著舞動的肉體歌唱！

神之一

我不會將視線轉向大地的妄想，

我也不會去觀望大地的兒子——他們正陷於被祢稱之為愛情的無盡痛苦之中。

什麼是愛情？

愛情不就是一面帶著面具的鼓，引導著世人從美好的幻想走向緩慢的痛苦？

我不想去看這妄想，

那裡還有什麼可看的呢？

不就是森林中的一對男女，那森林就是為了網羅他倆、教他倆忘記自身而存在？

那森林還教會他倆為尚未誕生的明天而將生靈繁衍。

神之三

瞭解帶來的痛苦最可詛咒！
還有我們詢問過的這蒙住世界之臉的黑紗，和我們每時每刻都面臨著的對人類耐心的挑戰！
於是，我們在一塊石頭下放置一尊蠟像，
然後，我們說：它是用泥土塑成，
它在泥土中尋覓它的來世。
我們用雙手捧起一團白色的烈焰，
然後在心中說：
這是我們自身的沉香，它將回歸我們自己。
它是從我們這兒飄走的一縷清風，
隨後，我們又在自己的手上、雙唇上尋找著那漸漸濃烈的馨香。

呵，我的兄弟、大地之神，
我們縱然高踞雲端，
透過人對人類黃金時刻的渴望，
我們仍將迎向大地。

我們的智慧是否要掠走人眼中的姣美？
或者讓我們的標準去服從人的情感，讓人的情感
把我們變得麻木，抑或引導我們達到我們的情感標準？

當愛情聚集起它的全部力量，
祢們的種種思想又將有何作為？
那被愛情俘虜的人呵，
愛情的車輪正碾過他們的肉體，從大海到高山，
又從高山到大海。
他們一直在害羞，卻又莊嚴地擁抱在一起，
聚起愛情之花的所有花瓣，嗅著生命的神聖芳香。
靈魂的聚合使他們感受到生命的真諦，
在他們的眼瞼上，綻露出對我們的崇高祈禱。
愛情是夜晚，它對著神聖的教堂莊嚴地躬身，
愛情是變成叢林的天空，
是變成無數螢火蟲的群星。

事實上，我們就是所有世界之外、世界之上的所在，
但是，愛情更加遙遠，遠在我們難以尋跡的地方，
愛情遠比我們的聖歌更加崇高。

神之二

祢難道要尋求遙遠的天際，
不再造訪祢已給它播撒了祢力量種子的這一星球？
宇宙中沒有中心，除了在靈魂與靈魂婚配時，
美就是這一婚配的證人和祭司。
看吶，撒落在我們足下的美，
看吶，我們怎樣去抓住美，又讓嘴唇感到羞愧。
遠在天涯的，就在咫尺。
哪裡有美，哪裡就有一切。

啊，兄弟呀，抱有幻想的崇高兄弟。
快從充滿無窮苦難的大地回到我們之中，
讓祢的雙腳從無時無地中得到解脫，
與我們一起居住於這安寧之中，
這安寧是祢我親手砌成的。
丟開使祢心悸的外衣，
成為我們的夥伴，共同主宰這充滿生機的綠色大地。

神之一

呵，永恆的祭壇，
今晚汝是否真想讓一尊神成為汝的祭品？
那麼，我便就是，我向汝祭上我的愛情、我的痛苦。
那兒，有一位跳舞的女孩，她由我們古老的渴望塑成；
那兒，有一位歌手，他對著風高唱我的讚歌。
在那舞步中，在那歌聲裡，
萬能的神在我心中死去。
長駐人類心田的我心之神正呼喚著居住於宇宙的我心之神。

那時常折磨著我的凡人之愛欲在呼喚神性，
我們自一開始就尋覓的美也在呼喚神性。
面對這呼喚，我曾以冷酷相待。
現在，我已表示順從。
那美是通往自我的路，自我被自己的手所扼殺！
請祢把祢的琴弦撥響，
我準備走上這條路，
因為它通向新的曙光。

神之三

愛情勝利了！
愛情，無論是如紙潔白，還是如同湖畔般翠綠，
無論是莊嚴地高居於蒼穹，還是在人群熙攘的花園，
或是在人跡罕至的沙漠，
愛情總是我們的主、我們的師，
愛情不是肉體多餘的情欲，
也不是欲望與心靈競爭後殘存的碎屑。
不，它不是面對靈魂操持起武器的肉體。
因為愛情不懂得叛逆，
可是它卻游離了古老的命運之路，正走向神聖的叢林。
它舞蹈著，對永恆之耳唱出心曲。

愛情是掙脫了枷鎖的熱血青年，
愛情是不受大地羈絆的剛愎漢子，
愛情是聖火陪伴的烈性女子，
她因有比我們更加璀璨的天空之光照耀而光彩照人。

愛情是靈魂深處的歡笑，
愛情是一次戰役，它將使你覺醒。
愛情是大地的又一次曙光，
是祢我從未見過的又一個白晝。
可是，愛情的確以它的博大之心達到了神聖。
我的兩位兄弟、我的兩位兄弟，
新娘來自晨曦，
新郎來自夕照，
婚禮將在谷地舉行，
這天之偉大，很難將所有之事都記下。

神之二

從第一個早晨讓平原向丘陵和谷地邁進時起，
就是這樣，
就這樣，一直持續到最後一個夜晚。
我們的根已在谷地裡長出了嫩枝，
我們是花，是那升騰到最高處的歌曲散發出的芬芳。
永恆與死亡原是一對孿生江河，不停地將大海呼喚。
每次呼喚，都只有用耳才能分辨出來自何方。
時間使我們更加相信我們的聽覺，
時間使我們欲望倍添。
只有多疑者才會讓死亡變得寂靜無聲，
而我們則早已超越了懷疑。
人是我們心靈的幼子，
人是緩慢地領悟神性的神。
在人的歡欣與痛苦中，我們酣睡著做起了我們的夢。

神之一

讓那歌手吟唱吧，讓那跳舞的女孩起舞吧！
讓我稍微安寧一些，
我的靈魂想在今晚得到休息。
睡意已向我襲來，
在夢中，我見到了比這世界更加光芒四射的另一世界，
那兒的生靈比我們的生靈更加璀璨，它們正輕輕地走進我的思想。

神之三

我現在就起來，
我要讓靈魂擺脫時間與空間的束縛，
我要在人跡未到的田地起舞。
那跳舞的女孩將與我一起翩躚。
我將在天堂裡放聲歌唱，
人類的聲音隨著我的聲音顫抖，
我們一起迎向遠處的晚霞。
也許，我們將在另一世界的拂曉時分醒來，
然而，愛情卻依然存在，
它的足跡不會消亡，
神聖的熔爐烈火熊熊，
濺出的每一朵火花都是一輪燃燒的太陽，
我們最好尋找一個小小的角落，
枕著大地的神性入眠，
讓駕馭之事留給明天，留給人的孱弱情愛。

紀伯倫創作年表

一九〇四年　二十一歲　在《僑民報》上發表散文詩

一九〇五年　二十二歲　發表藝術散文《論音樂》

一九〇六年　二十三歲　出版短篇小說集《草原新娘》

一九〇七年　二十四歲　出版短篇小說集《叛逆的靈魂》

一九一一年　二十八歲　出版中篇小說《折斷的翅膀》

一九一四年　三十一歲　出版散文集《淚與笑》

一九一八年　三十五歲　出版第一部英語散文詩《瘋人》

一九一九年　三十六歲　發表長詩《行列》

一九二〇年　三十七歲　發表散文集《先驅》，出版散文集《暴風集》

一九二三年　四十歲　出版英語散文詩集《先知》

散文集《珍趣篇》

一九二六年　四十三歲　出版《沙與沫》

一九二八年　四十五歲　出版《人子耶穌》

一九三一年　四十八歲　出版《大地之神》

遺著

一九三二年　《流浪者》出版

一九三三年　《先知花園》出版

譯後記

在中國知名度最高的阿拉伯文學作品應該是民間故事《一千零一夜》，其次就是黎巴嫩作家紀伯倫的《先知》了。

紀伯倫全名是紀伯倫·哈利勒·紀伯倫，於一八八三年生於黎巴嫩北部貝什里村，是基督教馬龍派教徒。卒於一九三一年，終年四十八歲。

紀伯倫雖然在世僅四十八年，但從二十歲開始發表作品，其二十八年的文學生涯為後人留下的阿拉伯語和英語作品達十六部之多。除此之外，還有許多未被收入集子的隨筆和大量書信。他最著名的散文詩作品《先知》已被譯成五十多種文字，成為世界上除莎士比亞的作品外最暢銷的文學作品，他也因此成為第一位享譽西方世界的阿拉伯作家，甚至連美國前總統羅斯福對他都有過很高的評價，認為紀伯倫「是東方刮來的第一次風暴……你給我們西海岸帶來了鮮花」。

紀伯倫不僅僅是一位傑出的文學大師，還是一位成功的多產畫家，一生留下的大小畫作達七百餘幅。早在文學創作之前，他就已經開始習畫，二十一歲時就已成功舉辦了個人畫展，後來去巴黎，並落住藝術家聚集地蒙馬特高地附近。十九世紀末二十世紀初當時的巴黎被認為是西方現代藝術的中心，而蒙馬特高地則正是這一中心的心臟，所有現代派藝術及其代表人物、領軍藝術家都曾經在這一高地上從事藝術創作。紀伯倫就是在這樣充滿藝術氣息的環境中度過了兩年，所受影響是不言而喻的，其中所受當時頗為流行的象徵主義影響尤甚。紀伯倫的這次巴黎之行可以看成是其一生中最大拐點的起始。在巴黎的兩年，紀伯倫不僅習畫，接受諸如羅丹等藝術大師的指點，或許更為重要的是，紀伯倫還閱讀了但丁、盧梭、伏爾泰、威廉·布萊克等文學名家的大量作品，同時他還對尼采的哲學思想欣賞有加，有學者認為，在紀伯倫很多散文作品中都可以看到尼采的影子。

一九一〇年年底，紀伯倫回到美國波士頓，一九一二年起定居紐約。一九二〇年，紀伯倫與其他幾位旅美阿拉伯作家、詩人一起創辦「筆會」，並出任會長。一九三二年，旅居南美的阿拉伯文學家成立「安達盧西亞社」，以這兩個文學組織為核心形成了在阿拉伯近現代文學發展史上著名的旅美派文學（又稱阿拉伯僑民文學）。而紀伯倫就是該流派當之無愧的旗手。

紀伯倫逝世後，遺體被運回黎巴嫩，並葬於家鄉貝什里聖徒謝爾基斯修道院內，一九七五年，該修道院改建成紀伯倫博物館。在紀伯倫棺木的安放處，可以看到他的墓誌銘：「我和你一樣活著，就站在你的身邊，閉上你的眼，轉過身，就可以看到我在你的面前。」

正如紀伯倫的墓誌銘所言：「我和你一樣活著，就站在你的身邊」，每當讀到紀伯倫的作品，就可感到是他在你耳邊私語；每當看到紀伯倫的畫作，就可感到是他在和你眼神互動。

中外文史學界一致認為，紀伯倫的《先知》是他文筆最精彩、思想最深邃的作品，也是他散文詩創作的巔峰之作，它之於紀伯倫，有如《吉檀迦利》之於泰戈爾，正是《先知》使紀伯倫蜚聲世界。

在《先知》之前，紀伯倫已經創作了《瘋人》、《先驅》、《行列》、《暴風集》等多部英語、阿拉伯語散文詩集。《先知》創作歷時數年，傾注了紀伯倫幾乎全部的心血，與其之前的英語作品相比，其在思想深度上明顯成熟，似已完成了紀伯倫思想的宏大架構。《先知》篇幅不長，而涉及的主題卻包括人生必然面對的幾乎所有事和物。作者在《先知》中借哲人——艾勒穆斯塔法之口闡述了他本人對愛、婚姻、孩子、飲食、居室、理智與情感、罪與罰、善與惡、自由、宗教、死亡等問題的看法。毫無疑問，《先知》是紀伯倫最為精彩的作品，是他對自身長年沉思的最終提煉，正如他自己所言，是他的「第二次降生」，而且是等了「千年」後的再生。

且看紀伯倫對愛的論述：「愛除自身外，既無施予，也無索取。愛既不占有，也不被占有，因為愛僅以愛為滿足。」、「滿心歡喜地在黎明醒來，感謝充滿愛的又一天來臨；中午小憩，默念愛的柔情繾綣；傍晚，滿懷感激之情回到家裡；躺下睡覺，然後在心中為你所愛的人祈禱，讚美之歌則印上你的雙唇。」顯然，紀伯倫心目中的愛是無私的愛，更是人類之大愛；再看紀伯倫的享樂觀：「享樂是一首自由之歌，卻不是自由。享樂是你們的願望之花，卻不是願望之果。享樂是向高處呼喚的深，卻不深，也不高。享樂是從籠中釋放的翅，卻不是自由翱翔的天空。是的，享樂確實只是一首自由之歌。」

從中不難看出，紀伯倫的享樂觀是極其辯證的，享樂更多的是體現在追求享樂的過程中而並非享樂本身；宗教問題自古以來一直備受關注，儘管紀伯倫是基督徒，但是他在論述宗教的時候，卻完全超越了不同宗教之間的差異，超越了東西方人種、膚色的不同，而是站在人類、人性劃一的高度，如同神明一樣地指出：「你們的日常生活就是你們的神殿，就是你們的宗教」；「倘若你們要認識上帝，就不要成為解謎的人」。

縱觀紀伯倫的作品，他從來也沒有否認過上帝的存在，更沒有否認過宗教，只不過在他眼裡，宗教無非就是人的一種嚮往和精神追求，他不希望學者像「解謎」一樣過度地去解讀宗教，而更願意讓對信仰的追求融入日常生活，從而來規範自己的行為。在這一層面上，《先知》就如同用精美語言織就而成的經典詩篇。

紀伯倫在《先知》中如同神明一般對生活萬象一一作出解讀，從中可以觸摸到他對人生的感悟和對人性的哲學思考。

《沙與沫》與《先知》在形式上不同，它是格言類的散文詩篇，共收入了三百餘條紀伯倫的經典格言，根據紀伯倫自己的說法，《沙與沫》可被視為《先知》的補充。紀伯倫在為他的《沙與沫》寫的題記如是說：「這本小小的集子就如同它的書名《沙與沫》，僅僅是一捧沙、一勺沫。……每一個男人和每一個女人的雙翼都有著些許的沙與沫。但是，我們中有一些人願意展現自己所擁有的，而另一些人卻羞於展現。而我則是不會赧顏的。……」

《沙與沫》是在《先知》發表後的第三年出版的，之所以說它是《先知》的補充，是因為在紀伯倫本人看來，《沙與沫》是他在創作《先知》後意猶未盡的再言，儘管不是成篇的文章，有的甚至只是一句話，但這才是紀伯倫最本真的思想，是瞬間閃爍的理性光芒，無一不含有深邃的哲理，而更為重要的是他願意將自己的沉思、將自己的擁有毫無保留地奉獻給所有人，讓人分享他的思維過程和思維結晶。

《沙與沫》中的每一段表述有如字字珠璣，又似如金箴言，給人以啟迪，讀後不僅回味無窮，更能使心靈達到淨化，使性情得到陶冶。如紀伯倫對友誼的定義「友誼永遠是一種甜蜜的責任，而不是自私者的機會」，再如他在字裡行間所流露出的人生觀：「我願意成為世上有夢、並想實現自己夢想的最渺小者，卻不願成為無夢、無願望的最偉大者。最值得可憐的人，是想把夢想變成金銀的人。」

一個傑出的作家是不應該被過度解讀的，解讀從某種程度上講，意味著標籤化，尤其像紀伯倫這樣的偉大作家更不該被標籤化，紀伯倫的作品給人帶來的思維想像空間不但巨大而且多維，是再多的標籤都無法窮盡的。

閱讀紀伯倫或許很難如同閱讀其他作家那樣會給讀者帶來常人所說的愉悅和歡快，無論是「瘋人」還是「先知」，他只會給人帶來更多的啟迪，讓人在咀嚼、領悟溢滿字裡行間哲理的同時，分享作者的深沉，意會他的情愫。

閱讀紀伯倫的作品，遊走在紀伯倫那精美文字織就的虛幻且又實在的宏大空間，體驗到的是另一種無可名狀的快感享受。

先知
紀伯倫 著
蔡偉良 譯
定價 380 元

身心無所安頓時，你可以聽聽「先知」怎麼說——
享譽西方世界的黎巴嫩作家，跟你談談關於：
愛、婚姻、孩子、教育、罪與罰、善與惡、自由、宗教、死亡……
等二十六個人生根本問題的祕密。

紀伯倫與泰戈爾並稱為「站在東西方文化橋梁上的巨人」，其代表作《先知》已譯成五十餘種語言，僅美國版的銷量就近千萬冊。紀伯倫透過一個睿智的東方哲人之口，將四十多年的智慧結晶娓娓道來，向世人講述自生至死之間的人生祕密，句句鏗鏘有力，觸動人心。

翻開本書，收獲來自紀伯倫的能量與智慧，就能洗滌心靈，使內心強大平靜，不再茫然不知所措，更有勇氣面對人生，宛如再次重生。

沙與沫／紀伯倫著；蔡偉良譯 . -- 初版 . -- 臺北市：時報文化出版企業股份有限公司 , 2023.05
272 面；14.8 x 21 公分 . -- (愛經典；69)
譯自：Sand and foam.
ISBN 978-626-353-811-5(精裝)

865.751 112006517

本書譯自貝魯特世代出版社 1981 年版《紀伯倫英語作品阿語全譯本》

作家榜经典文库®

ISBN 978-626-353-811-5

Printed in Taiwan

愛經典 0069

沙與沫

作者—紀伯倫｜譯者—蔡偉良｜編輯總監—蘇清霖｜編輯—邱淑鈴｜企畫—張瑋之｜美術設計—FE 設計｜封面繪圖—范薇｜內頁繪圖—范薇｜校對—邱淑鈴｜董事長—趙政岷｜出版者—時報文化出版企業股份有限公司 108019 臺北市和平西路三段二四○號四樓 發行專線—（○二）二三○六—六八四二 讀者服務專線—○八○○—二三一—七○五、（○二）二三○四—七一○三 讀者服務傳真—（○二）二三○四—六八五八 郵撥—一九三四四七二四時報文化出版公司 信箱—10899 臺北華江橋郵局第 99 信箱 時報悅讀網—http://www.readingtimes.com.tw ｜電子郵件信箱—new@readingtimes.com.tw ｜法律顧問—理律法律事務所 陳長文律師、李念祖律師｜印刷— 紘億印刷有限公司｜初版一刷—二○二三年五月十九日｜定價—新台幣四六○元｜